덕분이에요

덕분이에요

초판1쇄 발행 2022년 12월 16일

지은이 안희연, 김나영, 배수연, 최현우, 신유진, 정현우, 서윤후, 최지혜, 정재율
펴낸이 강일우
편집 이혜선
펴낸곳 ㈜창비교육
등록 2014년 6월 20일 제2014-000183호
주소 04004 서울특별시 마포구 월드컵로12길 7
전화 1833-7247
팩스 영업 070-4838-4938 / 편집 02-6949-0953
홈페이지 www.changbiedu.com
전자우편 contents@changbi.com

ISBN 979-11-6570-175-8 43810

• 책값은 뒤표지에 표시되어 있습니다.

덕분이에요

내게 힘이 되어 준 사람들

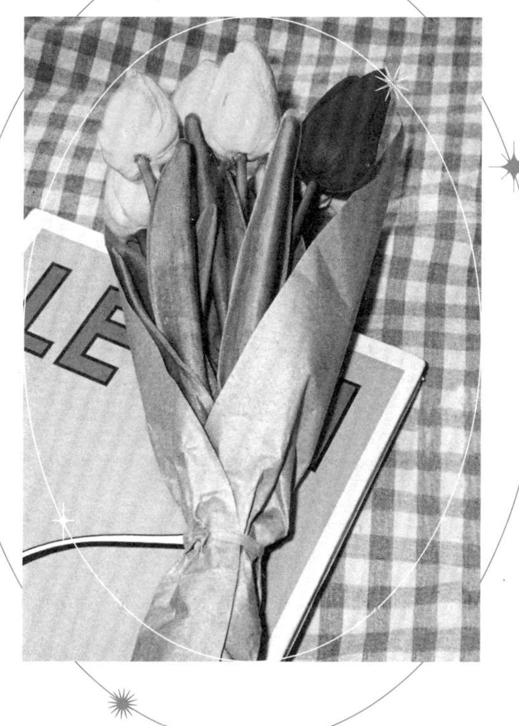

안희연 김나영 배수연 최현우 신유진 정현우 서윤후 최지혜 정재율

창비

차례

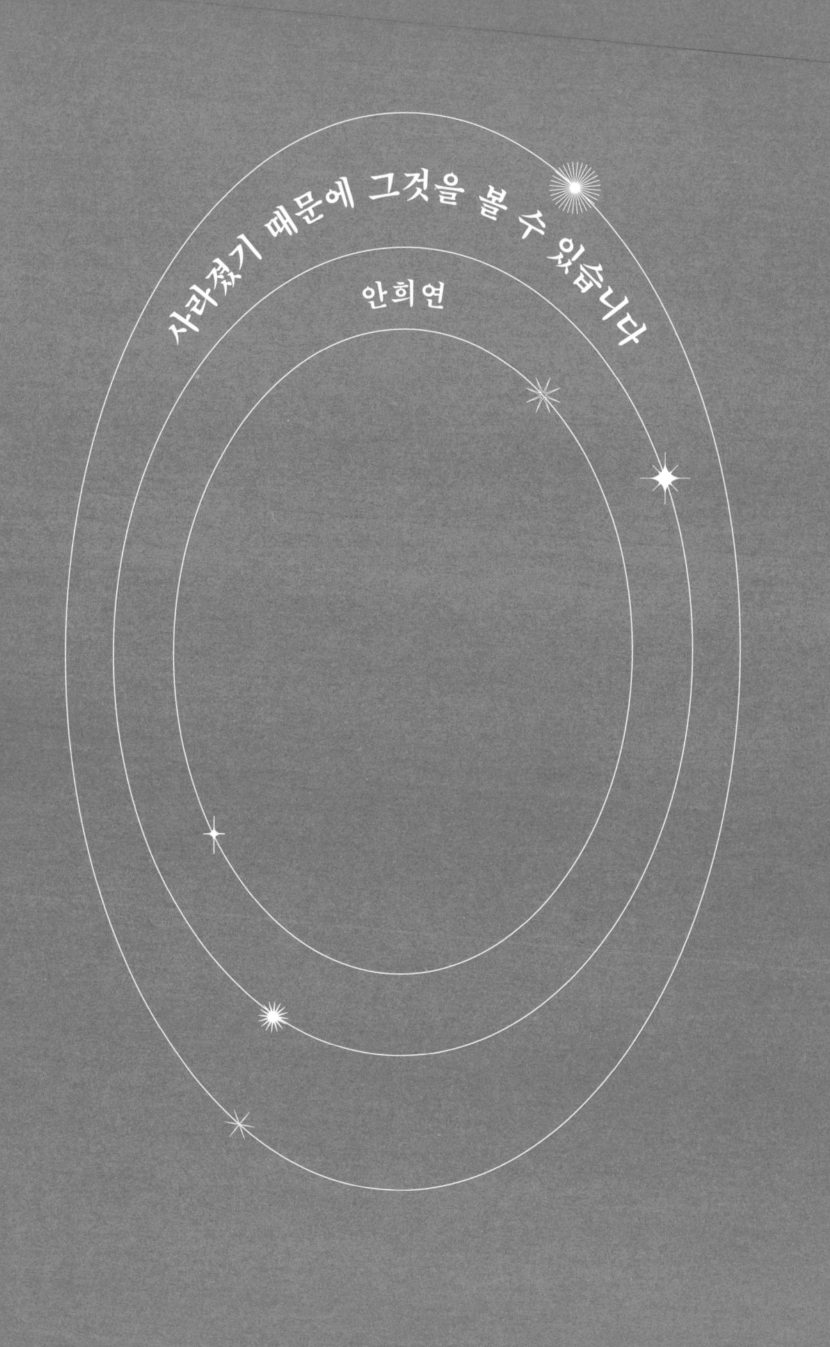
사라졌기 때문에 그것을 볼 수 있습니다
안희연

안희연

시인. 2012년 창비 신인 시인상을 수상하며 작품 활동을 시작했다. 시집 『너의 슬픔이 끼어들 때』, 『밤이라고 부르는 것들 속에는』, 『여름 언덕에서 배운 것』 등을 썼다. 슬픔의 여러 결을 읽어 내는, 사랑하자고 말하는 시를 쓴다.

저는 재미없는 사람입니다. 대뜸 이런 고백부터 하는 까닭은, 앞으로 펼쳐질 저의 학창 시절 이야기에 '재미'와 관련된 에피소드는 일절 등장하지 않을 예정이기 때문이에요. 왜 '학창 시절' 하면 으레 기대하게 되는 것들이 있잖아요. 귀여운 무용담이나 수학여행지에서의 전례 없는 추억, 손발이 오그라드는 첫사랑의 설렘 같은 것들이요. 그러나 그런 알록달록한 일들은 제 것이 아니었어요. 교복 입은 저는 별 특성 없는 '모범생'에 가까웠습니다. 수업 시간엔 늘 허리를 90도로 세운 채 앉아 있었고, 매 학년 반장을 도맡는 아이였죠. 성적도 항시 상위권을 유지했고, 친구들은 수시로 저의 교과서나 필기 노트를 빌려 갔고요.

또래 친구들처럼 유행어나 비속어를 섞어 말할 줄도 몰랐어요. 당시 여중생들 사이에서 '지랄 머리'(꼬불꼬불한 잔머리를 일컫는 말)라는 표현이 유행이었는데 딱 한 번 입 밖으로 그 말을 내뱉고는 화들짝 놀랐던 적이 있어요. 세상에, 내가 그런 험한 말을 하다니! 이쯤 되면 제가 얼마나 재미없는 학창 시절을 보냈을지 대충 짐작이 되시나요? 아마 여기까지만 읽고 다른 재미난 페이지를 찾아 길을 떠나시는 분도 계시겠지요?

그 선택을 충분히 존중합니다. 그럼에도 아직 제 이야기에 귀 기울이고 계시다면, 아마 당신은 특별할 것 없는 장면 속에 감춰진 저의 내면을 알아본 분이시리라 짐작해요. 그 시절 모범생의 외피를 두른 제 안에선 알 수 없는 회오리가 요동치고 있었거든요. 오늘은 그 이야기를 해 볼까 합니다. 제가 가장 예뻤을 때, 제 마음의 주인 행세를 했던 어떤 '폭풍'에 대해서.

저의 학창 시절을 떠올리면 냉동고 속 얼음 틀이 가장 먼저 생각납니다. 각진 얼음이 비좁은 틀 안에 촘촘하게 박혀 있는 모양이요. 더운 여름날, 한 조각 호로록 입에 머금으면 구원이 별건가 싶을 때도 있지만 어디까지나 그건 제 생각일 뿐이고 얼음의 입장에선 완전히 다른 진술이 가능하겠지요. 안락한 냉동고를 떠나 현기증 나는 비틀림을 겪고 끝내는 자신과 온도가 맞지 않는 세계에 내던져지는 공포를 아느냐고요. 속도의 차이는 있겠으나 결국에는 녹게 되어 있는 세계. 더는 안전하지도, 아늑하지도 않은 시간. 교복 입은 저는 언제나 그런 얼음의 얼굴을 하고 있었습니다. 줄줄 녹아내리는, 겁에 질린 얼음의 얼굴을.

그러니까 이런 장면들이에요. 초등학교 저학년 무렵, 상을 받아 엄마를 슬프게 한 일이 있었어요. 상을 받았는데 왜 기쁨이 아니라 슬픔이 찾아왔는지 의아해하시려나요. 그날 제가 받은 상의 이름이 '극기상'이었기 때문이에요. 토요일 조회 시간이었던 것으로 기억해요(네, 토요일에도 학교에 나가던 시절이 있었지요). 갑자기 선생님께서 구령대에 올라 상을 받으라고 하시더라고요. 영문도 모르고 받아온 상장을 엄마에게 전하며 물었어요. "엄마, 그런데 극기가 뭐야?" 그때까지도 제가 받은 상의 이름과 목적을 이해하지 못했던 거예요. 그날 엄마가 '극기'라는 단어를 어떻게 설명해 주셨는지는 기억나지 않아요. 다만 엄마의 얼굴에 얼비치던, 그리고 천천히 얼룩이 되어 갔을 서글픔만큼은 기억해요. 제가 아빠를 일찍 여의었거든요. 제가 아홉 살 때였어요. 아마 그 상도, 너무 큰 작별에 대한 선생님식의 보살핌이고 선의였을 거예요. 엄마도 그 사실을 모르지 않으셨겠지요. 그러나 때로는 선의에도 다칠 때가 있잖아요. 아이가 영문도 모르고 받아 온 상이 일깨웠을 자신의 처지, 몫, 상처 같은 것들. 이제야 저는 엄마의 마음을 헤아립니다. 그때의 엄마 나이가 되어서야 간신히.

그날 이후 저는 알게 모르게 '극기상'에 어울리는 사람이 되어 갔습니다. 아빠가 부재하다는 사실이 행여나 흉이 될까 봐 늘 세상이 요구하는 얼음 틀 안에 조신하게 담기고자 했죠. 중학교 1학년 때는 이런 일도 있었어요. 당시 제가 버스를 타고 등하교를 했거든요. 그런데 버스를 타고 한 정거장을 가고 나서야 생각난 거예요. 1교시가 체육 시간인데, 체육복이 담긴 손가방을 집에 두고 왔다는 사실을요! 그날따라 집에서 늦게 나와 시간도 간당간당하지, 식

은땀은 비 오듯 흐르지, 다급히 버스에서 내려 횡단보도의 신호를 기다렸습니다. 파란불로 바뀌자마자 전속력으로 달려 나갔는데 그 즉시 쾅! 속도를 늦추지 않은 승용차와 부딪히고 말았어요. 몸이 붕 떠올랐다가 엉덩이부터 털썩 주저앉았고, 운전자 아저씨가 황급히 뛰어나왔고요. 괜찮니, 많이 놀랐지, 아저씨가 잘못했어, 얼른 병원에 가자. 그 와중에도 저는 앵무새처럼 같은 말만 반복했어요. “제가 체육복을 가지러 집에 가야 해요. 지금 늦어서…… 가야 하는데, 저 가야 해서, 안 아픈데 그냥 보내 주시면 안 돼요?”

운전자 아저씨는 줄곧 체육복 운운하는 저를 강제로 차에 태워 병원으로 데려갔고, 이곳저곳 엑스레이를 찍게 했어요. 담임 선생님께 전화를 걸어 사정을 설명했고, 지금은 안 아파도 나중에 아프면 꼭 아저씨에게 연락해야 한다면서 제 손에 명함을 쥐여 주셨고요. 추석엔 친척 집에 가니, 친척 집은 어디니, 제 긴장을 풀어 주려 이런저런 말도 걸어 주시고 학교에도 데려다주셨지요. 좋은 분이셨어요. 그런데 이왕 늦을 거 체육 시간 끝나고 데려다주시지 수업 시간에 딱 맞게 데려다주실 건 뭐람. 이 모든 일의 원흉, 체육복은 여전히 없는데! 사정을 알 리 없는 체육 선생님께 제가 아침에 차 사고가 나서 격한 운동에 참여할 수 없을 것 같다, 같은 이유로 체육복이 없다고 이야기하느라 제 딴엔 존재가 콩알만 해지고 세상이 무너지는 기분이었는데(선생님을 실망시키면 안 되잖아요) 의외로 선생님은 심드렁하게 구시던 걸요. 체육 점수가 깎일까 봐 전전긍긍하던 제 모습을 떠올리면 지금도 눈시울이 붉어져요. 뭘 그렇게까지 아등바등했나 싶고.

그 무렵 계단에서 다리를 헛디뎌 발목에 금이 갔을 때에도, 목발을 짚은 채 버스를 타고 씩씩하게 학교에 갔어요. 교복 치마를 입고 무릎으로 버스 계단을 오르는 제 모습을 보고 엄마는 너무 슬프셨대요. 힘들면 학원 한두 달 쉬어도 된다, 엄마는 성화셨지만 학원에도 기어코 갔어요. 제 사전에 결석, 조퇴란 없었거든요. 사실은, 그래도 되는 거라는 생각 자체를 못했어요. 바르고 착하고 성실하게 얼음 틀 안에 담겨 있어야 어른들의 칭찬을 받을 수 있을 거라고만 생각했죠. 아시다시피 제가 '극기상'을 받은 전적이 있지 않겠어요!

시간이 꽤 많이 흘렀음에도, 그 시절의 저를 사랑하기란 여전히 어렵습니다. 그때의 저를 떠올리면 한없이 겁에 질린 눈동자가 보여요. 제 안에서 격렬하게 소용돌이치던 폭풍이라는 게 실은 두려움의 다른 이름이고, 사랑에 갈급한 마음이라는 걸 모르지 않으니까요. 그 눈동자는 여전히 제 안에 남아 수시로 알전구처럼 깜빡입니다. 어느 날엔 아예 환하게 불이 켜져서는 제 몸과 마음을 점령해 버릴 때도 있어요. 비가 오면 교문 앞에 차를 대고 자녀들을 기다리는 친구 부모님을 곁눈질하던 아이. 우산이 있어도 비를 맞던 아이. 방과 후엔 담장을 따라 난 길을 하염없이 걷던 아이. 불 꺼진 집으로 걸어 들어가는 아이. 홍동백서, 조율이시 같은 제사상 차림이 만화책, 만화 영화보다 익숙했던 아이. 아빠 묘지에 심어 둔, 자기 이름을 가진 나무에 해마다 키를 대보던 아이……. 그 아이들이 이따금 제 안에서 걸어 나와 한 편 한 편의 시로 태어날 때도 있지만, 대부분의 시간은 냉동고 속 얼음처럼 고요하게 잠들어 있습니다. 실은 두려운 것이에요, 세상 밖으로 걸어 나오기가.

그러나 그 시절이 무조건 캄캄하게만 떠올려지는 것은

아니에요. 바나나 껍질 같은 무르고 연한 방패로 세상에 맞서던 제 뽀얀 속살을 들여다봐 주신 분들이 있었거든요. 가장 먼저 예손 피아노 학원 원장 선생님이 떠오르네요. 아빠 장례를 치르고 막 학원에 갔을 때였어요. 선생님은 우리 자매를 따로 부르셨지요. 아홉 살, 열 살. 그 아이들이 무슨 죽음을 알겠어요. 아마도 선생님께서는 슬픈 얼굴로 이야기하셨을 거예요. 안타까운 일이지만 씩씩하게 잘 지내야 한다고. 그리고 은밀한 선물을 제안하셨죠. 당시 학원에는 작은 식탁과 냉장고가 놓인 탕비실이 있었는데요, 이따금 도시락을 싸 가지고 가 그곳에서 점심을 해결하곤 했어요. 냉장고 안엔 한두 가지 반찬과 함께 소고기볶음고추장이 상비로 놓여 있었는데, 언제든 냉장고 안의 반찬을 꺼내 먹어도 좋다는 원장 선생님의 허락이 떨어진 거예요!

그 고추장이 얼마나 맛있었는지 묘사하려면 책 한 권도 모자랄 거예요. 다진 소고기가 듬뿍 들어간 달짝지근한 고추장 한 숟갈이면 밥 한 그릇이 뚝딱이었거든요. 다른 반찬은 필요도 없었어요(엄마 반찬도 이 대결에선 KO 패). 그 냉장고 문이 모든 원생에게 열리는 것도 아니었어요. 밥 한

끼라도 따뜻하게, 배불리 먹이고 싶은 원장 선생님의 배려고 사랑이었음을 모르지 않아요. 그 고추장이 평생 저의 입맛을 결정지을 줄 어찌 알았겠어요? 지금도 입맛이 없을 땐 맨밥에 계란 하나 부쳐 고추장에 쓱쓱 비벼 먹곤 해요. 전국 팔도에서 맛있다는 고추장 다 찾아 먹어 봐도 역시 그 맛은 아니네, 애석해하면서.

90년대 중반에 경기도 전곡 읍내에서 예손 피아노 학원을 운영하셨던 원장님, 혹시 이 글이 선생님께도 닿을까요? '예손'이라는 학원 이름 정말 고심해서 지으셨다고, 예쁜 손의 준말이라고, 그 이름을 가진 피아노 학원은 전국에서 최초였다고 늘 자랑스러워하셨던 선생님, 보고 싶네요. 어린 자매를 사랑으로 돌봐 주셔서 감사해요. 그때 그 소고기볶음고추장이 저희 자매의 입맛을 되찾아 준 비결이었다는 인사 꼭 드리고 싶어요. 그때의 입맛은 삶의 의지이자 생기였어요. 빛이 있는 쪽으로 어린 자매를 돌려세우는.

중학교 때 영어를 가르쳐 주신 Y 선생님의 얼굴도 떠오르네요. 아빠를 일찍 여의었다는 비밀을 누설하면 대부분의 경우 안타깝다는 눈빛을 보내왔어요. '아이고, 그랬구나. 아이고'의 눈빛. 자연스럽게 저는 상대의 눈빛을 살피는 사람이 되어 갔죠. 말이 좋아 살핌이지 실은 눈치를 보았다는 게 정확한 표현일 거예요. 저 사람은 나를 연민하는구나, 나의 유년이 불우하다고 생각하는구나, 나에게 화려한 금박이 수놓인 극기상을 주고 싶어 하는구나! 상대의 마음을 멋대로 오독하며 비뚤어진 마음을 품을 때도 많았죠. 그런데 Y 선생님은 저에게 한번도 그런 눈빛을 보이지 않으셨어요. 선생님은 언제나 잘한 점만을 과장 없이 칭찬해 주셨지요. 언제였던가, 아마도 영어로 된 노래 한 곡을 끝까지 외워 부르는 수행 평가가 있던 때로 기억해요. 그때 그 수행 평가에서 선생님의 잔심부름을 맡았던 것을 계기로 선생님과 소소한 인연을 이어 갈 수 있었고요.

하루는 선생님께서 저를 따로 불러서는 산울림의 CD를 건네주셨지요. 사람만이 희망이라는 박노해 시인의 글귀가 적힌 포스트잇이 CD 겉면에 붙어 있었어요. H.O.T나 S.E.S, god는 들어봤어도 그런 가수는 생전 처음이었어요. 산울림이라니요. 어쩌면 저의 예술혼(?)은 그날부터 샛길로 빠져들기 시작했는지도 모르겠습니다. 세상엔 H.O.T의 음악만이 아니라 산울림의 음악도 존재한다는 것을 알아 버렸기 때문이에요. 게다가 사람만이 희망이라니, 이런 밑도 끝도 없는 휴머니즘이라니요! 그 말은 제가 아는 가장 멋진 어른으로부터 온 전언이었습니다. 저의 예술적 영혼이 산울림을 도움닫기해 음지로, 심해로, 광야로 멀리멀리 뻗어 나가는 동안에도 번번이 그 끝이 사람을 향할 수 있었던 것은 모두 선생님 탓, 아니 덕일 겁니다. 그 한 줄의 문장이 제 시의 토대를 이루었다고 해도 거짓은 아닐 거예요. 인간보다 무서운 악마는 없다며 염세와 비관의 늪에 빠질 때마다 그 말이 어디선가 나타나 죽비처럼 저를 때리니까요. 네, 저는 여전히 사랑하자고 말하는 시를 씁니다. 그래도 어딘가에 하나쯤은 남아 있을 인간의 선한 얼굴을 뒤적이면서요.

국어 선생님이셨던 Y 선생님의 다정함도 잊지 못합니다. 선생님은 제게 책의 연대를 경험케 해 주신 분이었어요. 선생님도 자신의 국어 선생님으로부터 책을 선물 받아 국어 교사가 되었다면서, 제게 책을 건네주셨지요. 그 책이 바통이었을까요. 어쩌다 저도 학생들을 만나며 살고 있는 걸 보면 말이에요. 그때 선생님이 제게 건네주신 책은 심윤경 작가의 『나의 아름다운 정원』(한겨레출판, 2002)이었어요. 왜 하필 그 소설이었는지는 모르겠어요. 다만 저의 얼굴에서 어떤 그늘을 보셨고, 제게 그 이야기가 필요하다고 여기셨겠지요. 아니면 그 무렵 선생님께 가장 인상적인 독서 경험을 가져다준 책이었을 수도 있고요. 중요한 건 그 책이 연결의 형태로 제게 닿았다는 사실입니다. 책은 메시지이고 쓸모가 있으며 의외로 힘이 강하다는 것을 알게 됐어요. 손에서 손으로 전해지는 것만으로도 충분히 큰 힘을 발휘한다는 사실을요. 한 권 한 권, 제 이름으로 펴낸 책을 더해 갈 때마다 그 점을 되새겨 보곤 합니다. 책은 부적이고 바통이며 마침내 사랑이라고.

이렇게 복기하다 보니 역시 저는 모범생이 맞네요. 덕분입니다, 말하고 싶은 사람과 순간은 모두 저의 선생님들을 향해 있잖아요. 여전히 제 안엔 선생님께 칭찬받고 싶어 하는 아이가 숨어 있는 모양입니다. 교복을 벗은 지 오래이건만 아직도 OMR 카드를 밀려 쓰는 꿈을 꾸고, 일이든 관계든 조금이라도 틀어질라 치면 하늘이 무너질 것처럼 벌벌 떠는. 맞아요, 저는 예나 지금이나 틀 밖으로 나가기 두려워하는 얼음입니다. 사람이 어디 쉽게 변하던가요. 사실은 인간의 조건이기도 하겠지요. 학교라는 얼음 틀을 벗어나니 사회라는 얼음 틀에 담기고, 그보다 본질적으로 육체라는, 시간이라는 얼음 틀을 벗어날 길 없는 존재. 세상은 자꾸 틀을 비틀며 용기를 종용하는데 틀 밖으로 나가면 영락없이 녹을 테니 되도록 시간을 유예하면서 꽝꽝 언 채로 숨어 있고 싶어져요.

그래도 봄날의 햇살 같은 사랑 덕분에 여기까지 무사히 왔어요. 비 온 뒤 군데군데 고여 있는 흙탕물마다 얼굴을 비춰 보느라 집으로 돌아가지 못하던 아이가 시를 쓰며 이렇게 살아 있어요. 흙탕물은 비극이고 약점이니 없애야 할 것이 아니라 나의 다른 모습을 발견하도록 돕는 입구일 거라고, 제법 의젓한 생각도 할 줄 알게 되었어요. 깊은 밤,

알전구처럼 깜빡이는 아이에게 괜찮다고, 다 괜찮을 거라고 속삭이기도 해요.

그러니 거기 당신, 얼음 틀에 갇혀 고독하게 떨고 있다면 우리 이렇게 말해 볼까요. 우리는 누구나 녹아내리는 존재라고. 녹는 모양 그대로 당신이고 당신일 것이며 그 자체로 아름다우니 하나도 겁낼 것 없다고. 빈 노트를 펼쳐 이렇게도 적어 볼까요. "하염없이 녹는 제 자신이 좋아요." 아직은 흰 종이 위의 검은 글자일 뿐이지만, 언젠가 이 문장이 삶으로 떠오르는 순간도 오겠지요.

며칠 전에는 설거지를 하며 아주 작은 무지개를 봤는데, 사진을 찍으려고 컵을 치웠더니 무지개도 같이 사라졌어요. 왜 그런 장면이 저에게 도착했는지 한참을 생각했습니다. 다 알 순 없지만 이것 하나는 분명합니다. 있었다는 것.

있었던 무지개를 저는 보고 있습니다. 사라졌기 때문에 그것을 볼 수 있습니다.

그 아침과 노래 - 학창의 너에게
김나영

김나영

문학 평론가. 2009년 『문학과사회』 신인 문학상 평론 부문에 당선되어 활동을 시작했다. 마음대로 여닫을 수 없어 답답하고 또 스산했던 창가에서 느낀 한기를 방송실에서 친구들이 보낸 사연으로 녹이곤 했다.

1

학창 시절이라는 말은 낯설고 아름답다. 사전적인 정의에 의하면 '학창學窓'은 '배움의 창가'라는 뜻으로, 학창 시절은 무언가를 배우던 때를 의미한다. 인생의 어느 한 시절을 창문을 매개로 표현한 이유가 무엇인지 곱씹어 생각해 보는 것만으로도 학창 시절이라는 말은 사람의 마음에 새로운 창문 하나를 더 만들어 준다.

나의 학창은 어디에 있다고 말할 수 있을까. 이 물음에 답하는 것은 그리 어려운 일이 아니다. 말 그대로 교실 창문에 오래 매달려 있었던 시절이 나에게는 열일곱, 열여

덟, 그리고 열아홉이던 그 해들이었다고 분명하게 말할 수 있기 때문이다. 교실에서든 동아리실에서든 안보다는 밖을 더 보고 싶어 했던, 밖을 내다보면서도 그 밖 너머를 궁금해했던 그때를 떠올리면 나는 조금 마음이 아프다.

거울을 보지 않고 창문을 보려고만 했던 시절의 습관이 뒤늦게 후회가 되었던 건 그로부터 한참이 지난 때였다. 나는 나를 제대로 보려 하지 않았고, 그러면서도 누군가가 나를 제대로 봐 주기를 바랐다. 나는 나를 좋아하지 않으면서도 누군가가 나를 좋아해 주기를 바랐다. 그런 불안과 불만에 속박된 마음은 언제나 안에서 밖으로만 향했다. 안으로 무언가를 채우고 가꾸기보다는 밖의 일들에 더욱 관심과 에너지를 쏟으며 실속 없던 시간을 보냈다.

그렇게 나의 창문은 언제나 바깥으로 열려 있었고 스스로를 보호했어야 하는 온기는 어느덧 정처 없이 흩어지곤 했다. 창문은 열릴 수도 닫힐 수도 있었지만, 그것 스스로는 불가능했다. 나는 그 시절의 창문들을 자꾸만 열었고 그만큼 내 곁의 창문들이 자주 닫혀 있다고 여겼다.

2

....

공부는 어려웠다. 수학 문제 하나 더 맞고 틀리는 게 대수는 아니었지만 복도에 성적표가 붙던, 고등학교 입학 후 첫 모의고사는 충격적이었다. 1학년 교실이 있던 2층 둥근 로비는 3층과 4층으로 올라가려면 지나칠 수밖에 없는 공간이었는데 그렇게 전교생이 드나드는 곳에 성적이 전시되는 것은 상상을 초월하는 일이었다.

신입생들을 각성하게 하려는 단발성 이벤트였는지, 누군가가 학교 측에 이의를 제기했었는지는 모르겠다. 성적표 전시는 두 번 다시 없었지만, 그 일로 나는 내 자신이 어디에, 어떤 곳에 몸담게 되었는지를 분명히 자각하게 되었다. 나와 친구들의 이름이 점수순으로 인쇄되어 벽에 붙어 있던 그곳은, 내가 이 세계를 어떻게 바라보든 상관없이 수학 문제 하나 더 맞고 틀리는 게 대수라고 믿는 세계였다. 거기서 나는 답은 구하지 못한 채 거듭 새로운 문제를 만들어 내는 데 대부분의 시간을 쏟았다. 공부가 무엇인지, 나를 어디로 데려가 줄지를 생각하느라 수학과 영어,

그리고 대부분의 과목과 내내 사이가 좋지 못했다.

공부의 정도가 곧 성적표에 적힌 숫자로 증명된다고 믿어 의심치 않는 세계에서 공부를 어려워했던 나는 자연스레 생활의 모든 것들로부터 곤란과 난처를 경험했다. 자기관리에 부족함을 느꼈고, 친구와의 소통에 불편함을 겪었으며, 학습 진도를 따라가는 건 버거웠다. 말 그대로 출구 없는 미로에 갇힌 것만 같은 기분이었다. 이렇게 계속해도 되는 걸까. 매일 자신에게 그렇게 묻고 또 물었다. 딱히 대답은 할 수 없었다. 거기서 빠져나온다는 것은 엄청난 용기가 필요한 일이었기 때문이다. 하지만 누군가 멀리서 이 시절의 나를 바라본다면 '자알 놀았네'라고 할지도 모른다. 실제로 그때의 나와 친구들은 갖가지 방법으로 학교의 규칙을 위반하면서 놀고 먹고 또 먹고 놀았으니까. 한 뼘 반 정도 열리는 기숙사 1층 창문으로 갖가지 야식을 시켜 먹던 그 밤들은 틀림없이 내 몸뿐만 아니라 마음을 많이도 살찌워 주었으니까.

3

그때의 나를 붙잡아 준 건 방송반 활동이었다. 전교생 모두 동아리 활동 하나는 반드시 해야 하는 게 학교의 원칙이었다. 다른 이유보다도 중학교 때 알던 언니가 한 학년 선배로 방송반에 있었기에 방송실 문을 두드려 보기로 했다. 매일 울고 싶던 1학년 3월의 어느 저녁, 동아리 입회 신청서를 썼다. 어디에든 기대고 싶었던 마음 하나로 이름과 자기소개와 포부 같은 것을 적었다. 거기에 방송반 활동에 대한 기대감을 번호까지 매겨 가며 열심히 썼지만 그것은 '나는 지금 두려워요. 선배도 그랬나요. 어떻게 이 시간을 보냈나요.'라고 적어 보낸 구조 신호 같은 거였다. 적어도 당시 나에게 동아리 입회 신청서는 일종의 구조 요청이기도 했다.

운이 좋게도 방송반에 들어가게 되었지만 정말 운이 좋았던 걸까 하고 거듭 자문하기도 했다. 전교생이 함께 지내는 기숙사 학교였기에 매일 기상 방송을 챙기고 아침 체조 음악을 트는 일, 아침 방송과 점심·저녁 식사 시간을 전후로 한 짧은 방송들, 방송 조회와 교내의 각종 행사 등 생각보다 방송이 필요한 일들이 많았다. 친구들이 곤히 자고 있을 때 먼저 일어나서 기상 방송을 준비하고(우리 방송반의 슬로건이 '아침을 여는 사람들'이었다), 다들 밥을 먹고 자유 시간을 즐길 때도 방송을 하고, 쉬는 시간에도 혹시 모를 안내 방송을 위해 당번을 정해서 방송실에 대기하고, 저녁에도…….

그랬다. 지금 생각해 보니 우리 방송반은 정말 잡다한 일과를 감당했다.(기상 방송이 나오기 전에 울리던 내 알람 소리 때문에 일주일에 두세 번은 잠을 깨던 룸메이트들에게 맛있는 간식이라도 쐈어야 하는데, 그러질 못한 게 이제야 후회가 된다. 가끔은 알람을 못 듣는 나를 엄마처럼 토닥여 깨워 주던 친구들, 한 번도 찌푸리지 않던 그 선한 얼굴들이 선명하게 떠오른다. 인간은 살아가면서 정말 많은 것들을 나중에, 아니 뒤늦게 알게 되나 보다.)

누구보다도 아침잠이 많은 내가 기숙사 학교에서 방송반 활동을 했다는 것은 인간의 삶이 크고 작은 아이러니로 쓰인다는 걸 몸소 증명한 예가 아닐까. 실제로 내가 기상 방송을 하지 못해서 전교생이 아침 체조와 구보를 생략하고 등교한 날이 하루 이틀이 아니다. 그럴 때면 방송반 담당 선생님께 눈물이 찔끔 나올 만큼 혼이 났지만, 그날 하루 마주치는 친구들과 선배들에게는 연신 고맙다는 말을 들었다. 나는 그런 웃음들이 좋아서 캄캄한 새벽에 침대에서 기어코 몸을 일으킬 수 있었는지도 모르겠다. 자기 전에 몇 번이나 확인한 기상 음악을, 일어나서 다시 한번 들어보고 고요한 새벽의 기숙사 복도를 걸을 때, 새벽의 찬 공기와 밤새 가라앉은 기숙사만의 온기가 뒤섞인, 그 특유의 내음 속을 걸으며 작게 목소리를 가다듬고 심호흡을 할 때, 그때 나는 회복되었던 것 같다. 기숙 학교에 살던 10대 후반의 한 아이가 별일 아닌 듯 겪었던 매일의 고통으로부터.

4

마이크가 꺼져 있는지 확인한 다음 앰프의 전원을 켠다. CD를 플레이어에 넣고 음악을 선택한 뒤 pause 버튼을 누른다. 5시 59분이 되면 앰프의 볼륨을 0으로 놓고 기다린다. 6시 정각이 되면 재생 버튼을 누르고 볼륨을 아주 천천히 높인다. 삼십 초 정도 음악이 재생되기를 기다렸다가 음악 볼륨을 낮추면서 마이크를 켜고 볼륨을 서서히 높인다. "6시 기상 시간입니다. 학생 여러분들은 지금 즉시 기상하셔서 운동장으로 모여 주시기 바랍니다." 흔히 기대할 법한 부드럽고 다정한 아침 인사와는 극도로 다른 건조하고 딱딱한 멘트를 기계처럼 반복하면서 노래 두 곡을 튼다. 좁은 방송실 안에서는 대충 옷을 껴입고 뛰어나가는 이들이 내는 소리가 더 잘 들린다. 다급한 발소리, 서로를 챙기고 이끄는 말소리, 가끔은 내가 고른 기상 음악을 따라 부르는 목소리도 들린다. 그때 그곳에서 내가 귀 기울여 들으려 했던 건 과연 무엇이었을까.

5

「시작되는 연인들을 위해」와 「연풍연가: 우리 사랑 이대로」를 들으면 아직도 심장이 아린다. 고등학교에 입학하고 기숙사에 입소한 다음 날 아침 기상 음악이 이 두 곡이었기 때문이다. 선배들은 그때 왜 이 곡을 골랐을까. 우릴 모두 울릴 작정이었던 걸까. 실제로 많은 친구들이 기숙사에서의 첫날 밤, 잠들기 전부터 눈이 퉁퉁 부어 있었다. 겨우 통성명만 한 룸메이트가 들을세라 저마다 소리 죽여 울던 밤, 달빛이 커튼을 뚫고 어두운 방으로 스며들어 훌쩍거리는 소리들을 보듬어 주는 듯했다. 지나고 보면 슬플 것도 두려울 것도 하나 없는데, 열일곱은 그걸 알지 못하는 나이였다. 나를 중심으로 돌아가던 명백한 세계가 하루아침에 나를 어느 캄캄한 가장자리로 밀어내는 것만 같은 느낌 속에서 겨우 잠을 청했는데, 그런 나를 깨우는 게 하필 슬픔 속에서도 사랑을 기원하는 간절한 목소리라니.

6

기상 방송도 중요했지만 방송반 활동의 꽃은 아침 방송이었다. 생일을 맞은 사람에게 보내는 축하 인사와 신청곡이 전날 저녁부터 다음 날 아침 방송 담당자에게 배달되었다. 신청자의 이름과 사연이 적힌 쪽지가 신청곡이 담긴 카세트테이프나 CD와 함께 내 책상 위에 차곡차곡 쌓였다. 나는 그게 너무 행복했다. 애정이 묻어나는 그 사연을 누구보다 먼저 읽을 수 있다는 게(때로는 익명으로 방송해 달라는 사연도 있었는데, 그런 경우에도 나는 발신자를 알 수 있었고, 혼자 그 비밀을 간직하는 게) 좋았다. 살면서 그런 종류의 행복을 다시 누릴 수 있을까 싶을 만큼 좋았다. 마치 누군가가 나를 믿고 자신의 가장 소중한 것을 맡긴 일처럼 여겨졌다. 노트 한 귀퉁이를 찢어서 급하게 쓴 것 같은 쪽지도 있었고, 몇 번을 다시 적은 것처럼 문장과 글씨가 정돈된 편지도 있었다. 형식이야 제각각이었으나 그 모든 게 나에게는 그 시절 가장 빛나는 조각들이었다.

그것을 뭐라고 더 설명할 수 있을까. 노래 한 곡의 제목과 몇 문장의 사연. 얼마 되지 않는 아침 방송 시간에 자신의 신청곡과 사연이 언제쯤 나올지 노심초사하며 기다렸을 그 마음. 그런 것들을 떠올리면 차갑고 건조한 학교의 어느 귀퉁이에서는 언제나 누군가가 울고, 또 누군가는 눈물을 닦아 주고, 다른 누군가는 그 곁에서 울음이 그치길 기다려 주었던 시간이 있었다는 것을 더는 의심하지 않게 된다. 열이 나지 않는데도 열이 난다며 외출증을 끊고는 병원이 아니라 저수지가 있는 둑으로 걸어가는 친구를 따라가지 못한 채 멀리서, 창가에 서서 그 아이가 사라져 가는 모습을 바라보는 마음도 분명히 거기에 있었다. 몇 개의 건물만을 오가는 반복되는 일상 속에서 우리가 살 수 있었던 것은 그런 '곁'들 덕분이었다. 마이크와 스피커 곁에서, 어떤 소리들 곁에서, 그 모든 창가에서 보이지 않는 것을 보려고 애쓴 마음들이 서로를 지켜 주었다.

7

어째서인지 늘 조급하고 여유가 없었기에 그 시절의 나 역시 자주 실수하고 후회했고, 그때마다 교실과 방송실 창문에 매달려 바깥의 풍경을 물끄러미 바라봤다. 그 세계에 나는 속하지 않는다는 것을 확인하고 싶어서였을까. 자주 들었던 노래의 달팽이처럼 언젠가는 세상 끝 바다를 건너는 일을 상상하면서 체육관 앞 계단을 천천히 오르내렸다. 그때 밖을 향해 창문을 열면서도 안으로 창문을 닫아거는 건 나뿐이었을까.

기숙 학교서 지내는 10대 후반의 아이들이 모두 같은 경험을 하지는 않겠지만, 그 시절의 나는 내 깜냥에 비해 너무 많은 것을 스스로 감당해야 하는 게 어려웠다. 머리와 가슴을 철저하게 분리해야 했고, 몸과 마음을 야무지게 관리해야 했다. 학업에 충실하되 교우 관계도 원만해야 했고, 그 중 어느 한쪽으로 치우치는 일을 극도로 경계해야 했다. 친구를 너무 좋아해서도 안 됐고 너무 밀어내서도 안 됐다. 친구와 매일 얼굴을 보고 같이 밥을 먹고 잠을

자고, 학교에서도 방에서도 언제나 함께하는 일은 내 의지와 마음이 선택한 게 아니었기에 때로는 매 순간의 일과가 버겁게 여겨지기도 했다. 이렇게 느낀 게 아마도 나뿐만은 아니었을 것이다.

그때 내가 기댄 것은 방송실, 그 한 귀퉁이에서 보고 듣는 작은 쪽지와 음악 들이었다. 애써 고른 티가 역력한 음악과 고심한 흔적이 담긴 문장 들은 나에게 발신된 게 아니었지만 나는 그것들을 마음껏 수신했다. 누군가가 또 다른 누군가에게 보내는 매일의 애정을 내 마음대로 나눠 먹으면서 우그러지고 긁힌 마음을 조금씩 회복할 수 있었다.

가수는 노래를 하고 작가는 글을 쓰듯 학생은 공부를 해야 한다는 식의 그 시절의 주장은 이제 오래된 농담처럼 느껴진다. 이제는 누구도 그 시절을 살고 있는 사람들에게 수학 문제 하나 더 맞고 틀리는 것만이 중요하다고 쉽게 말하지 않는다. 그럼에도 여전히 학창 시절에는 학업에만 몰두해야 한다고, 학업 성취도가 높을수록 괜찮은 삶의 주인이 될 수 있다고 여기는 믿음들이 곳곳에 있다. 사람을 손쉽게 줄 세우는 믿음이 자신과 타인을 송곳처럼 찌른다. 저마다의 이유로 즉각 아프다고 소리치지 못하고 참는 마음들이 뒤늦게 제 주변에 벽을 세운다. 누구나 겪는 학창 시절이 저마다의 창이 아니라 벽으로 남는 것은 슬픈 일이다.

학창 시절을 살고 있을 모두가 너무 바쁘지 않았으면 한다. 천천히, 더 천천히 보고 맡고 만지는 시간을 자신에게 줄 수 있기를. 부채꼴 모양으로 찢어 낸 노트의 한 귀퉁이에 이어 적은 몇 개의 문장, 그 문장들이 어떤 단어로 만나고 연결되는지, 그것을 적은 잉크가 얼마만큼 진한 검정인지, 그 문장들이 놓일 음악의 제목과 노랫말은 어떤 의미인지, 그 의미와 멜로디가 어떻게 사람들을 긴장하게도 이완되게도 하는지……. 나는 나의 그 시절을, 그 잠시와 잠시 간에 경험한 나의 감각을 고스란히 당신에게 전달하고 싶다. 일종의 떨림, 기대와 두려움이 뒤섞인 채로 언제든 켤 수 있는 마이크 앞에서 pause 버튼을 누르고 그저 숨죽일 수밖에 없었던 그때와 그곳을. 이제 와, 여전히 이 모든 이야기를 당신에게 온전히 전하고 싶은 마음은 어떤 음악을 배경으로 쓰여야 하는지를 생각하고 있다.

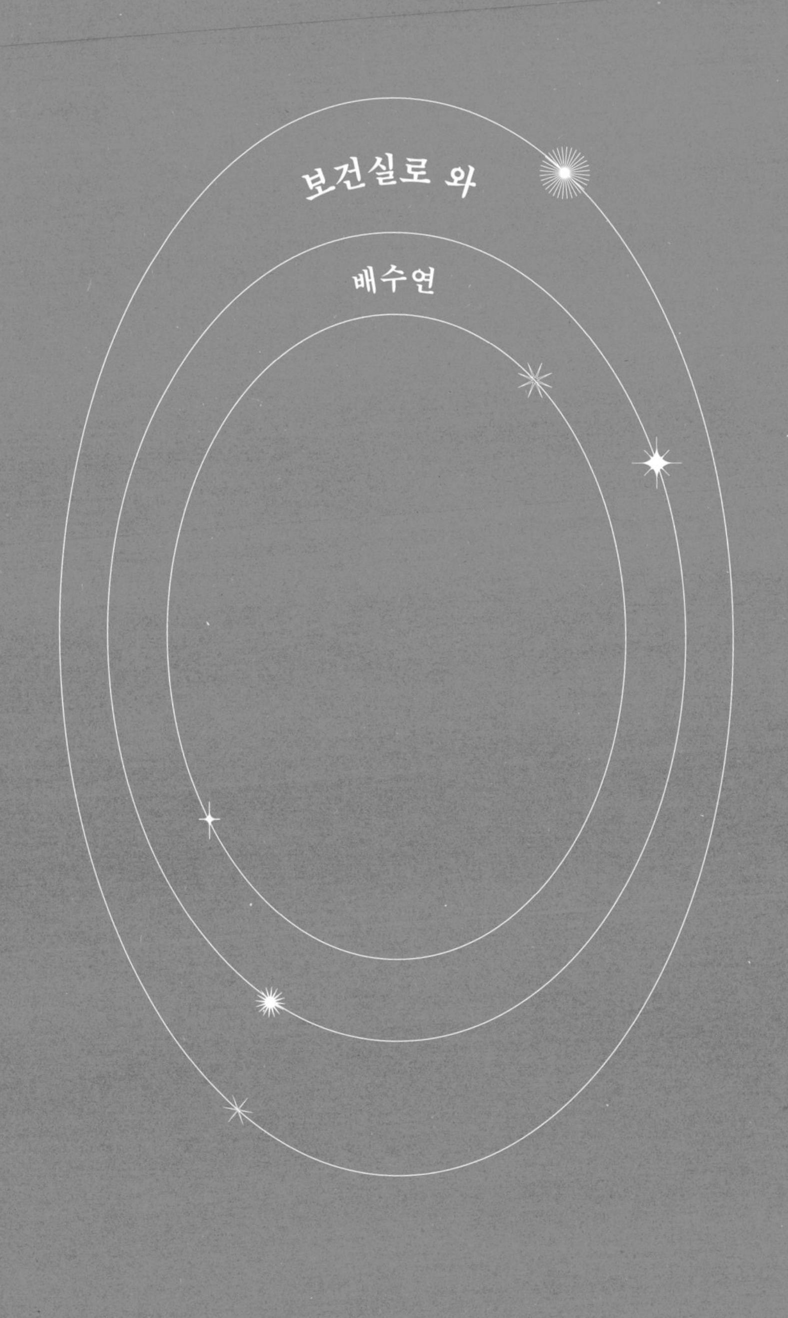
보건실로 와
배수연

배수연

시인, 미술 교사. 미술과 철학을 전공했다. 틈틈이 시와 산문을 쓰고 있다. 시집 『조이와의 키스』, 『가장 나다운 거짓말』, 『쥐와 굴』 등을 썼으며 『교실의 시』(공저), 『칼 라르손의 나의 집 나의 가족』 등 다수의 산문집에 참여했다. 겨드랑이에서 털이 날 무렵, 명쾌한 보건 선생님을 만났다.

"배수연, 너 겨드랑이에 털 났지."

놀이터 등나무 벤치에서 혜민이와 수아가 킬킬거리며 말했다. 초등학교 6학년 여름밤이었다. 그 애들은 나와 같은 빌라에 살고 같은 학교에 다녔지만 함께 논 적은 없었다. 내가 그 애들을 아직도 기억하는 건 그때 그 질문, 아니 골림을 받았기 때문일 테지. 주렁주렁 늘어진 등나무의 보라색 꽃송이들이 우리 머리에 닿을 듯했다. 등나무가 꽃으로 부푸는 시기면 나는 가던 걸음을 멈춘 채 잠시 넋을 잃곤 했다. 보랏빛 바닷물이 마음에 들이치는 것처럼 말할 수 없이 설렜다. 그날은 웬일인지 그 아래 그 애들과 함께 있었다. 그 말이 집요한 놀림은 아니었다. 그게 끝이었다.

그러나 나는 "야, 그래서 어쩌라고?" 하면서 턱을 치키거나 "왜? 그러면 큰일 나?"라고 능청을 부리는 아이가 아니었다. 도리어 죄라도 지은 것처럼 '헙' 하고 숨이 멎었다가, 결국 기어들어 가는 소리로 "아니……!"라고 하는 게 다였다. 알 수 없는, 여러 겹의 부끄러움이 밀려왔다.

중학교는 왜 그렇게 커 보였던 걸까? 1997년 입학식 사진의 나는 귀밑 단발에 거의 발목까지 내려오는 교복 치마와 손등을 다 덮는 쥐색 재킷을 입고, 너무 긴장을 한 나머지 얼이 나간 채로 엉거주춤 서 있다. 모서리 하나가 끊어진 ㅁ 자형 건물이었던 S 중학교는 나를 포함한 신입생이 입학하자 비로소 전 학년이 다 채워진 3년 차 신생 학교였다. 그래서였을까, 선배들은 유난히 우리 새내기들에게 관심이 많았다. 그해 3월을 떠올리면 지금도 씁쓸하다. 입학식 이후 나는 한동안 '양파 닮은 애'로 선배들 입에 오르내렸기 때문이다. 가수 양파의 인기가 가파르게 치솟던 시절, 그의 데뷔 곡 「애송이의 사랑」이 최고로 인기를 누리던 시절이었다. 정작 그 시절의 내 사진을 보면 기가 차는 심정이 되지만, 확실히 양파보다 더 '양파'처럼, 옆머리로 얼굴을 잔뜩 가리고 이목구비만 간신히 내놓은 일명 '커튼 머리'를 하고 있기는 하다.

한동안 다양한 아이들이 우리 반 문 앞에 모여들었다. 주로 선배들이었고 때론 1학년들이었다. 누가 내 몸을 쭈그러뜨려 책상 서랍 안에 숨게 해 준다면 내 그림자라도 팔았을지 모른다. 그들은 문 앞과 복도에서 나를 가리키거나 힐끗거리며 소곤거리고, 뚫어져라 쳐다보거나 실실 웃고 있었다.

"쟤들이 너 겨드랑이에 털 있는 거 봤대."

반팔 체육복을 입기 시작할 때쯤이었을까? 모르는 남학생 두 명이 문 앞에서 서성이다 떠난 직후였다. 이 말을 한 우리 반 여학생이 조금만 더 귀가 밝았더라면 내 가슴에서 쿵 하고 쇠망치가 떨어지는 소리를 들었을지도 모른다. 온몸이 굳어 버렸다. 어떻게 반응해야 하지? 그 애들은 언제, 어떻게, 어디까지 봤다는 걸까? 무엇이 부끄러운지, 무엇이 화가 나는지, 무엇이 두려운지 알 수 없었다. 어쨌

든 나는 겨드랑이에 털이 있는 여자애였다. 조심하자, 조심해야 해. 나는 내게 털이 있는 것이 수치인지, 그것을 수군수군 이야기하는 일이 수치인지 구분하지 못했다.

털이 난다는 건, 가슴이 봉긋 나오거나 초경을 하는 것과는 조금 다르게 받아들여진다. 지금은 초경이 비치면 으레 가족들에게 알리고 함께 축하하는 일이 자연스럽다. 하지만 생식기나 겨드랑이에 털이 났다는 이유로 부모님에게 케이크나 꽃다발, 속옷을 선물 받는 사람이 있을까? 가슴이 나오거나 초경을 하는 것처럼 비교적 뚜렷한 2차 성징과 비교하면 '털'은 그저 부수적으로 일어나는, 그다지 아름답지 않은 일로 여겨진다. 2차 성징은 남자에게도 일어나는 변화지만 세상은 각별히 여성에게 털이 있어야 하는 자리와 그 양까지도 정해 둔 듯했다. 털이 많이 나야 하는 곳과, 적게 나야 하는 곳, 또 전혀 없어야 하는 곳을 말이다.

서른 살 즈음 나는 어느 드라마에서 남자 주인공이 여

자 주인공을 억지로 차에 태운 뒤, 거칠게 차를 몰며 "밥 먹을래, 나랑 살래? 밥 먹을래, 나랑 같이 죽을래?"라고 고함치는 짧은 영상(그 드라마에서 본 유일한 장면이다)을 봤고 소름이 돋았다. 지금 나라면 내가 가르치는 아이들에게 그럴 땐 신고를 해야 한다고 말할 것이다. 현실에서 그런 일은 결코 낭만적이지 않다. 겨드랑이에 털이 나던 그 학기에 나는 내가 동의하기는커녕 이야기조차 나눈 적 없는 누군가의 여자 친구가 되어 있었다. 내 의지와는 상관없이 알지도 못하는 사람의 여자 친구가 된 일은 전혀 낭만적이지 않았지만, 열네 살의 나는 그 모든 일에 어리벙벙할 뿐이었다. 내 남자 친구라는 사람은 키가 크고 갈색빛이 도는 긴 얼굴의 2학년 P였다. P의 주변에는 1학년들과 '엑스x 관계'를 맺은 선배들이 많았다('엑스 관계'는 그 시절 우리 나름의 일진 문화로, '엑스 관계'를 맺으면 후배는 선배를 따르고, 선배는 후배를 지켜 주는 사이가 된다). 어느 날은 창가에 있던 아이들이 창문 밖으로 목을 빼고 아래를 내다보고 있었다. 누군가의 엑스 언니들이 운동장 한가운데 커다랗게 '○○아 사랑해!'라고 P의 이름을 써 놓았던 것이다.

P는 수업이 끝나면 교문 앞에서 나를 기다렸고 나는 그것이 끔찍하게 부담스러워 어떻게든 도망을 다녔다. 그 무렵 우리 반 복도로 나를 찾아온 사람 중에는 M이라는 2학년도 있었다. 며칠 후 P와 M이 교실 의자를 집어 던지며 크게 싸웠다는 말이 돌았다. 하……. 그러니까 나는, 뼛속부터 촌스럽고 어눌한 모범생이었던 나는, 단지 조금 먼 초등학교에서 배정을 받은 바람에 대부분의 학생에게 뉴 페이스였던 데다, 넓은 얼굴을 가리려 가수 양파 비슷한 옆머리를 했고, 거기다 이모가 사 준 신상 이스트팩 책가방(나는 이 브랜드를 몰랐으며 예쁘지도 않다고 생각했다)을 멤으로써, 감당이 안 되는 지독한 옴이 붙었던 것이다. 그러니까 복도에서 나를 지나치던 낯선 언니가 별안간 내 가슴을 잡아 비트는 식으로…….

나는 여전히 중학교에 있다. 중학교 미술 교사로 근무한 지 이제 십 년이 넘었다. 이따금 졸업한 제자들이 찾아와서는 "중학교 때로 돌아가고 싶어요.", "중학교 때가 좋았어요!"라며 짐짓 아련한 얼굴을 하는데, 그럴 때면 안쓰러운 마음이 듦과 동시에 고개를 갸웃하게 된다. 중학교 때가 좋았다니? 그럴 수도 있군. 고맙게도 졸업생들은 종종 편지를 남긴다. 교사 생활에 회의가 밀려오고, 자격 미달이라는 자책에 빠질 때를 대비해 졸업생 H가 준 편지를 잘 보이는 곳에 붙여 두었다. 나는 항상 좋은 사람일 수는 없겠지만, 그 편지는 누군가의 기억에선 그럴 수도 있다는 것을 알려 준다. H는 자신만의 렌즈로 나를 찍어 두었으며, 나와 보낸 어떤 시간을 의미 있는 경험으로 자신의 삶 속에 동여매 준 것이다.

중학생인 내게도 그런 선생님이 한 분 있었다. 선생님과 나는 서로의 이름을 기억할 만큼 대화를 나눈 적이 없다. 선생님의 성이 '김'이었던 것으로 어렴풋이 기억하지만 확실하지는 않다. 선생님은 내가 3학년이 되던 해에 학교를 떠나는 바람에 내 졸업 앨범에서도 찾을 수 없다. 그는 우리 학교 보건 선생님이었다.

어느 날 쉬는 시간 종이 치기가 무섭게, 내 단짝 혜윤이가 우리 반 복도에서 나를 찾았다. 혜윤이의 얼굴에 폭풍이 일고 있었다. 우리는 복도 구석 침침한 곳으로 갔다.

"나 전학 갈래, 엄마한테 말해서 집 바로 옆 학교로 전학 갈 거야."

혜윤이의 달아오른 얼굴에 눈물이 무겁게 맺혀 있었다. 나는 혜윤이가 정말 전학을 갈까 봐 몹시 걱정스러웠다. 나에게 혜윤이가 너무 소중했기 때문이다. 혜윤이는 나보다 훨씬 강단 있고 똑똑했으며, 매사 야무진 아이였다. 들어 보니 혜윤이네 반 아이 다섯이 언젠가부터 혜윤이에게 툭 하면 심술을 부리거나 뒤에서 수군대더니, 급기야 교실에서 혜윤이의 책가방을 바닥에 집어 던졌다고 한다.

수업 시간을 알리는 종이 쳤다. 종소리가 나자 갑자기 혜윤이는 다리에 힘이 빠지는지 나를 붙잡고 풀썩 주저앉아 버렸다.

"수연아, 나 청심환 먹어야 할 거 같아, 도저히, 도저히 교실에 못 들어가겠어."

혜윤이가 눈을 질끈 감았다. 눈물이 끊어진 폭포처럼 후두둑 떨어졌다. 내 머릿속이 새하얘졌다. 보건실, 보건실로 가야 해! 나는 혜윤이를 부축하여 보건실 앞으로 갔다.

"선생님, 우황청심환 좀 주세요!"

검정 뿔테 안경에 제법 큰 키, 깨끗하게 넘겨 하나로 묶은 포니테일. 보건실을 찾는 아이들에게 언제나 각별히 쌀쌀맞으며, 명쾌하고 단호한 표정과 높은 목소리를 가진 보건 선생님.

"왜?"

"제 친구가 지금 청심환이 필요해요."

"그 애는 어디 있는데?"

나는 문 앞에 있는 혜윤이를 데려왔다. 보건 선생님은 짤막한 자초지종을 듣더니 대뜸 말했다.

"그래? 종례 마치면 그 애들 다 데리고 보건실로 와."

청심환 없이 오후 수업을 버틴 혜윤이는 문제의 오 인방(웃겨, 보건실엔 왜 가재?)을 데리고 보건실을 찾았다.

"너는 밖에서 기다려."

선생님이 문을 닫았다. 나는 문에 난 작은 창으로 보건실 안쪽을 지켜봤다. 보건실 긴 테이블에 아이들과 선생님까지 일곱 명이 둘러앉았다. 선생님은 마치 긴 토론에서 사회를 맡은 사람 같았다. 아이들이 돌아가며 말을 했다. 바짝 귀를 대 봐도 소리가 잘 안 들렸다. 나는 눈을 치켜뜨고 내 친구 혜윤이를 힘껏 응원했다. 혜윤이는 적대적인 사람 앞에서 우는 아이가 아니다. 억울하면 정신을 더 바짝 차리고, 자기 입장을 조리 있게 말하려 애쓰는 아이였다.

한참이 지났다. 학교는 텅 비어 고요했다. 마침내 의자를 끄는 소리가 나더니 문이 열리며 아이들이 쏟아져 나왔다. 심통이 덜 가신 얼굴의 오 인방이 뭉쳐 나오고 그 사이로 혜윤이가 특유의 시원한 발걸음으로 저벅저벅 걸어 나왔다. 다들 선생님에게 인사를 하는 둥 마는 둥 했으며 선생님 또한 그랬다. 나는 혜윤이에게 바싹 붙었다.

"이제 안 그러겠대."

"약속했어?"

"응."

"도대체 왜 그랬대?"

어이없게도, 오 인방에겐 어떤 이유나 명분도 없었다. 그들은 같은 반이지만 평소 혜윤이와 어울려 노는 사이도 아니었고, 혜윤이의 실수나 잘못이 있었다거나, 풀어야 할 오해가 있는 것도 아니었다. 참 뻔뻔하지. 그들은 '그냥' 혜윤이가 싫다고 했다. (흥, 혜윤이가 예쁘고 공부도 잘하니까 그랬겠지!) 혜윤이는 자기가 혼자이고, 그들은 다섯이라는 이유로 부끄러운 말을 당당하게 하는 상황(그냥 싫어서 그랬어요. 그냥 재수가 없어요.)이 기가 막혀 더욱 눈물을 보이지도, 말을 더듬지도 않았다. 쥐꼬리만 한 양심은 있었는지, 아니면 집에 빨리 가고 싶었는지, 오 인방은 끝까지 자기들의 만행을 두둔하거나 앞으로도 계속 그러리라 우기지는 못했다고 했다.

그날 선생님은 혜윤이와 나에게 따뜻한 시선을 보내지도, 특별히 혜윤이를 불러 다독이지도 않았으며, 그 후로도 그랬다. 1년에 몇 번 찾지 않는 보건실이었지만 선생님은 언제나 명쾌하고 또 날카로웠다. 우리 반 교실에 들어왔던 그날도 그랬다.

"내가 화가 나 보이나요?"

보건 수업은 학창 시절 중 그때가 처음이자 마지막이었다. 보건 선생님이 수업에 들어오시다니, 안 그래도 조용

했던 우리 반 아이들은 교단에 선 선생님의 카랑카랑한 목소리와 난데없는 질문 앞에 더욱 숨을 죽였다.

"사람들은 내가 화가 난 것처럼 보이면 이렇게 생각해요. 저 여자가 집에서 남편이랑 싸웠나?"

침묵이 이어졌다. 음? 선생님은 화가 난 것 같기도, 아닌 것 같기도 했다. 뭐, 평소와 비슷한데요.

"하지만 저는 남편과 전혀 싸우지 않았어요."

그래서 어쩌라는 거지? 선생님 말은 종잡을 수 없었다.

"오늘 아침엔 택시를 타려고 했어요. 그런데 택시 기사가 저를 보더니, 안경 쓴 여자는 첫 손님으로 태우는 게 아니라며 그냥 가는 거예요!"

음? 화가 난 게 맞나? 택시 기사는 왜 안경 쓴 여자를 안 태운다는 거지? 그런데 선생님은 저 얘기를 왜 꺼내는 거야?

그날 보건 수업은 재미있었다. 그중 내가 기억하는 단어가 '화'와 '남편', '택시', '안경', '여자'일 뿐이다.

나는 그 후로 알쏭달쏭했던 그 수업을 내 나름의 방식으로 듣고 또 들었다. 그리고 아주 천천히 선생님의 말을 이해하게 되었다. 택시 기사들이 안경을 쓴 여자를 첫 손님으로 태우지 않는 이유는 '그냥 재수가 없어서'다. 무슨 정당한 이유가 있겠는가? 하지만 그 '정당한 이유 없음'은 아주 당당히 이야기될 수 있었고 아주아주 오랫동안 다양한 장소와 수많은 상황에서 비슷한 방식으로 되풀이되었다. 선생님은 화가 났다. 그리고 선생님이 화가 나 보이는 이유에 대해 많은 사람들이 무턱대고 남편으로 인한 것(남편이 있으면 있어서, 없으면 없어서)으로 추측했다. 자, 저기 안경을 쓴 키 큰 여자가 무뚝뚝한 표정으로 택시를 잡고 있다. 그 여자의 얼굴에 내 얼굴을 겹쳐 본다. 택시! 손을 번쩍 들었는데, 겨드랑이에 털이 수북하다! 으악, 하나부터 열까지 잘못된 이 여자, 이 여자는 틀렸어!

1997년 우리 반 교탁 앞에 서 있었던 보건 선생님은 화가 나 있었다. 그러나 선생님은 자신에게 화가 난 것이 아니었다. 자기가 틀렸다고 생각하지도, 조심해야 한다고 생각하지도 않았다. 선생님은 억울했다. 열네 살의 내가 그 수업을 내 나름의 방식으로 이해하는 데는 이십 년이 더 걸렸다.

다시 겨털 이야기. 스무 살이 된 나는 레이저 제모 시술이 하고 싶었다. 종종 면도기로 제거하곤 했는데, 레이저로는 영구 제거할 수 있다는 게 아닌가? 그러나 당시 내 남자 친구는 이렇게 말했다.

"나는 네 몸에 누가 손을 대는 것도 싫고, 자연스러운 모습을 바꾸는 것도 싫어(겨털을 가려야겠지만, 시술은 안 돼)."

낭만적인가? 나는 이 사람과 칠 년을 연애했다. 그는 '자연스러운', '수수한' 모습의 나를 칭찬했고, 나는 그 칭찬에 만족했다. 그는 내가 화장하는 것을 싫어했다. 그는 쇄골 아래까지 네크라인이 파인 내 티셔츠도 싫어했다. 무릎 위로 올라오는 스커트? 그런 건 불가능했다. 나는 그와 한바탕 싸운 다음, 울면서 그 옷들을 버렸다. 너를 의심하지는 않지만 네가 만나는 모든 사람은 의심스럽다는 말을 들었다. 나는 내 잘못이 무엇인지 이 사람의 눈으로 다시 배워야 했다. 나는 헬스장을 다닐 수 없었다. 다른 사람이 내가 운동하는 모습을 보기 때문이다. 내가 교수님과 연구실에서 함께 자료를 찾은 날, 그는 화가 났다(교수님은 여성이었다). 동기들(나는 여대를 다녔다)과 성당에서 미사를 드린 날에도(다시 말하지만, 클럽이 아니라 성당이다) 그는 화가 나 있었다. 그의 강박은 점점 더 심해져서, 결국 그는 내가 그의 머릿속으로 떠올릴 수 있는 곳에, 떠올릴 수 있는 사람하고만 있어야 안심했다.

그래서, 내 겨털은…….

돌아본 결과, 지금까지 내 겨드랑이 털이 있어야 하는지 없어야 하는지 스스로 정한 적은 한번도 없는 듯하다. 애인과 헤어진 뒤 나는 피부과에서 겨드랑이의 모근을 레이저로 태웠다. 과연 후련했던가?

나는 여전히 복잡하고 성가시게 따라붙는 여러 감정을, 내가 해석해야 할 의무처럼 껴안고 있다. 나는 아직도 칠 년간 내 애인이었던 그 사람보다, 그를 그렇게 오랜 시간 허락했던 바보 같은 나 자신을 용서하지 못한다. 내 몸에 대해 수군거렸던 그 아이들에게 아무 말도 못했던 내 어리숙함을 끈질기게 미워한다. 나는 무수한 희롱과 추행과 더러운 농담에 화를 내기는커녕 항복했고, 때로 실실 웃었다는 사실에 괴로워한다. 그런데 나는 누구보다 내 가족에겐

화를 잘 내며, 나 자신에겐 더욱 그렇지 않은가? 나는 최악이다. 나는 최악이다. 나는 최악이다. 내 곁엔 악마가 있어서, 이렇게 내가 나를 괴롭히면 그는 신이 나 발을 구르며 뿔 나팔을 불고, 그 소리는 나를 더욱 부추긴다. 그리고 한참 떨어진 저 옆에는 천사도 있는데, 그는 시인 백석에게 굳고 정한 갈매나무를 떠올리게 한 천사이며 내 제자 H가 악몽에서 깨어나 나를 떠올리고 눈물을 닦게 했던 그 천사다. 그는 내게 조용히 보건 선생님을 떠올리게 한다.

나는 선생님께 도움을 청한다.

"그래? 그 애들 데리고 보건실로 와."

나는 우르르 한 무리의 염소 떼(내 눈에는 그렇다는 것이다)를 이끌고 보건실로 들어간다. 염소 떼는 시끄럽고 고집이 세지. 나는 혼자고 그들은 여럿이지만, 나는 울지도 않고, 말을 더듬지도 않는다. 나는 혼자가 아니다. 나는 그때 선생님이 퇴근을 미루고, 우리와 함께 있었다는 사실을 기억한다. 나는 그때 내 친구 혜윤이가 지지 않고 또박또박 억울함을 호소했다는 사실을 기억한다. 나는 그때 우리 반 교실에 선 선생님이 부당함을 자책으로 돌리지 않았다는 사실을 기억한다. 나는 누군가의 신념과 누군가의 호의, 누군가의 용기 안에서 보호받고 지지받을 수 있으며, 나도 누군가에게 그렇게 할 수 있다고 생각한다. 그리고 염소 떼는 (어서 집에라도 가고 싶다면) 반성을 서둘러야 하리니…….

내가 선생님에게
"덕분이에요."라고 인사하면 선생님은 쾌활한 목소리로,
"다행이네!"라고 대답한다.

나와 염소들(이제 사람이 되었는지도 모르겠다)과 선생님은 성큼성큼 집으로 돌아간다.

나는 골똘히, '덕분입니다'와 '다행입니다'는 같은 말일지도 모른다고 생각한다.

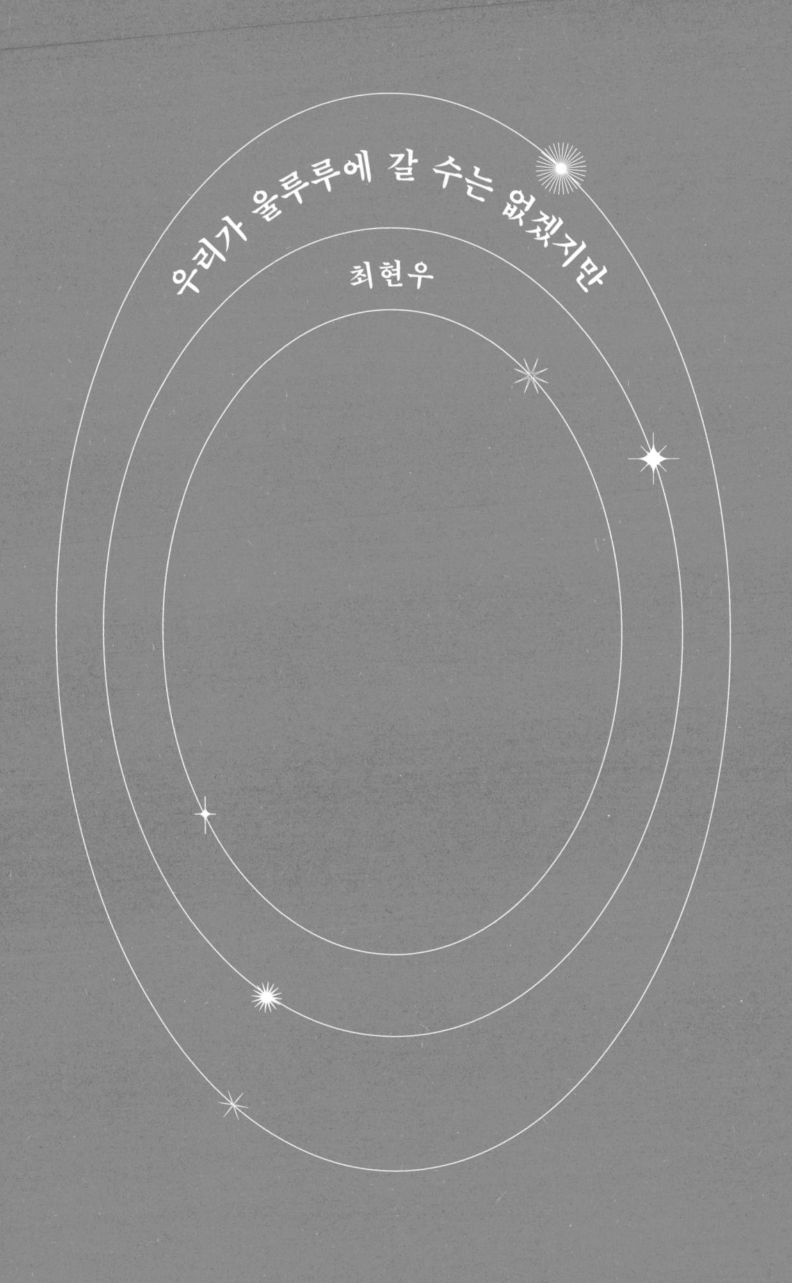
우리가 울루루에 갈 수는 없겠지만
최현우

최현우

시인. 2014년『조선일보』 신춘문예로 등단했다. 시집『사람은 왜 만질 수 없는 날씨를 살게 되나요』, 산문집『나의 아름다움과 너의 아름다움이 다를지언정』 등을 썼다. 서랍을 정리하다 묻혀 있던 학창 시절의 추억을 소환했다.「세상의 중심에서 사랑을 외치다」를 뒤늦게 보았다.

서랍

생각보다 버릴 게 많았다.

책상 서랍을 다 뒤집어 까 보니 아주 어릴 적부터 처박아 둔 물건들이 우르르 쏟아졌다. 그때까지 내게 정리 정돈이란, 잡다한 물건들을 눈에 보이지 않게 서랍이나 책장의 가장 깊은 곳으로 아무렇게나 쓸어 넣고 감춰 두는 일이었다. 그럼에도 그 나름의 규칙이 있었다. 첫 번째 서랍에는 연필과 지우개와 공책 같은 문구류, 두 번째 서랍에는 카세트 플레이어나 게임 보이, 건담 프라모델 같은 친애하는 나의 장난감들, 세 번째 서랍에는 종이 쪼가리나

부서진 연필깎이 같은 잡동사니들이 규칙 없이 모여 있는 듯이 보이지만, 실은 그 밑에 일기장을 비롯해 친구들과 주고받은 엽서 같은 내밀한 비밀들이 들어 있었다. 어쩌다 시끄러운 소리를 내는 청소기를 밀며 들어온 아빠는 세 번째 서랍을 열어 보고서는 왜 서랍에 쓰레기를 모아 두느냐고, 다 버리겠다고 엄포를 놓았다. 그때마다 나는 최대한 거친 태도로 반항하며 내 물건에 절대 손대지 말라고 화를 냈다. 캄캄한 밤중에 이불을 머리끝까지 덮고 그 안에서 손전등을 켠 채로 몰래 백 번쯤 반복해서 읽는 만화책 같은 것들이 세 번째 서랍에 들어갈 자격을 얻었다. 그 서랍은 내가 언제까지고 보관하고 싶었고, 그러리라 믿었던 것들이 깊게 잠들어 있는 파라오의 묘실 같은 곳이었다. 서랍을 열면 풍겨 나오는 퀴퀴한 냄새조차도 고대의 신비를 감춘 피라미드에서 날 법한 냄새라고 생각했다. 물론, 이 글을 쓰기 바로 전까지만 해도 세 번째 서랍의 의미 같은 건 새까맣게 잊고 있었지만.

첫 독립이었다. 첫 독립이라는 말은 사실 조금 이상하다. 한 번이라도 부모를 떠나 살게 된다면 그건 처음이자 마지막 독립, 다시 돌아온다고 하여도 이미 독립한 자식이다. 그런데도 첫 독립이라고 생각했던 까닭은, 어쩐지 정신적으로나 물질적으로 부모를 완전히 떠난다는 느낌이 들지 않았기 때문이다. 혼자서 살림을 꾸리며 생활해 나간다는 건 어떤 형태의 삶일는지. 우리 가족이 이번에 새로 이사할 집엔 방이 하나 모자랐다. 이제 막 대학을 졸업한 여동생과 방을 함께 쓸 수는 없었기에 내가 따로 나가 살기로 했다. 사실상 자의 반 타의 반으로 하는 독립이었지만, 설렘이 두려움보다 더 컸다. 내가 독립해서 살게 될 원룸은 여섯 평 남짓이었다. 쓰던 방보다 훨씬 작은 공간에 싱크대와 화장실까지 딸린 집이었다. 지금 쓰는 책상이 새 집에 도저히 들어갈 수 없어서 꼭 가져가야 할 물건들을 추려야 했다. 그런데도 나의 첫 공간, 나만의 집이 생긴다는 것은 설레는 일이었다.

그때 무심코 발견하고 말았다. 세 번째 서랍 깊숙한 곳에 있었던 쪽지 한 장. 잊기로 했고, 끝내 잊고야 만. 나는 그것을 버릴 물건을 쌓아 둔 바닥과 따로 챙길 물건을 담아 둔 가방 중 어디에 놓을지 망설이며 잠시 머뭇거렸다.

종이는 누렇게 바랬고 연필로 적은 글씨는 접힌 부분마다 흑연이 번져 덤벙덤벙 놓인 그림자 알갱이들 같았다. 손으로 문지르면 영영 지워질 것 같았다.

2004년

몹시 불안한 계절이었다. 그해 여름은 태풍이 크게 왔다. 창문이 바람에 흔들리는 소리에 교실의 아이들은 놀라서 소리를 질렀다. 선생님은 손으로 교탁을 내리치며 다 큰 녀석들이 엄살이나 부린다며 호통을 쳤다. 그러고는 그 전까지 말하던 내용을 잊어버렸는지 뒤를 돌아 칠판에 적어 둔 판서를 한참 보고 나서야 수업을 이어 갔다. 창문으로 부딪치는 빗물이 작은 주먹 같았다. 운동장 한편에 홀로 솟은 굵은 은행나무가 구부러지듯 흔들렸다. 교가에도 나오는, 수락산의 정기를 듬뿍 받았다는 교목이었다. 5교시 자연 과학은 담임 선생님의 시간. 선생님은 수업을 서둘러 마치고는 반장을 시켜 제비뽑기할 종이를 가져오게 했다. 학생들의 자리를 주기적으로 바꿔 주는 것은 선생님에게도 꽤 골치 아픈 일이었다. 하지만 자리를 그대로 오래 두면 뒷문 바로 옆 같은 불편한 자리에 앉은 학생들이 불만을 토로했고, 자주 바꾸자니 매번 다른 룰을 생각해 내는 것도 그에게는 고역이었다. 출석 번호, 키, 핸드폰 뒷자리 등으로 자리를 정하는 방법을 써먹고 나니 이번에는 제비뽑기였다. 1부터 45까지 숫자를 적어 둔 종이 쪼가리들을 반장을 시켜 교실을 돌며 한 장씩 뽑게 했다. 선생님은 칠판에 책상 배치를 대충 그리고는 칸마다 번호를 써넣었다.

"불만 없지? 있어도 없는 거야."

제기랄. 망했다. 교탁 바로 앞에서 두 번째 자리였다. 평소 나를 증오하는 게 분명한 한자 선생님은 교실 앞자리에 앉은 애들에게만 질문을 던지고 제대로 대답하지 못하면 대나무 단소로 애들 손바닥을 때렸다. 왜 앞자리 학생들에게만 질문을 하느냐고 대들었던 옆 반 애는 그날 교무실로 불려가 단소가 아니라 대금으로 허벅지를 맞았다고 했다. 왜 음악도 아닌 한자 선생이 단소와 대금을 들고 다니는지, 그리고 저 팥색 생활 한복은 대체 몇 벌이나 가졌는지가 학생들 사이의 미스터리였다. 자리 배치가 끝나고 나니, 1분단 맨 뒷자리에 있던 둘은 표정이 좋지 않았다. 저 둘이 커플이라는 건 반 아이들 모두가 알고 있었다. 바로 직전에 자리가 바뀐 뒤로 짝꿍이 된 저 둘은 사귀기 시작했다. 우리 학교는 1학년부터 3학년까지 쭉 남녀 합반이긴 했지만, 3학년이 되어서야 연애에 눈뜬 아이들이 등장했다.

"자리는 내일부터 바꿔 앉아라. 오늘 집에 가기 전에 책상 옮겨 놔."

수업이 모두 끝나자 청소 당번들이 애들에게 빨리 책상을 옮기라고 성화를 부리기 시작했다. 다들 책상 서랍에서 물건들이 빠지지 않도록 엉거주춤 낑낑대며 새로운 자리로 옮겼다. 아, 제기랄. 여기서는 몰래 엎드려 잘 수도 없다. 자리가 영 맘에 들지 않는 애들은 자신이 원하는 자리를 차지한 아이에게 자리를 바꿔 달라고 흥정을 하거나 힘으로 그 자릴 뺏었다. 자리를 뺏기기 싫은 애들은 잽싸게 책상을 바꾼 후 교실을 뛰어나갔다. 나도 창가 구석 자리로 바꿀까?

이렇게 생각하던 차에 K가 내 앞자리로 책상을 옮겼다. 그러고는 물끄러미 나를 쳐다봤다.

"조금 뒤로 가."

나는 책상을 당겨 얼른 간격을 벌렸다. K는 의자를 책상으로 밀어 넣고 교실을 나갔다. 청소 당번들이 열기 시작한 창문으로 모래 내음이 섞인 비 냄새가 끼쳐 왔다. 좋은 냄새 같았다.

세상의 중심에서 사랑을 외치다

아키는 어느 날 병실에서 사쿠타로에게 사진 한 장을

보여 준다. "호주의 원주민들은 이곳을 세상의 중심이라고 부른대." 그 사진 속에는 산처럼 보이는 거대한 황갈색 바위가 호주 어느 곳의 텅 빈 사막 가운데 놓여 있다. 바위라고 부르기에는 어쩐지 적절하지 않을 만큼 거대하다. 아키는 "여기가 세상의 중심이야, 한 번 꼭 가 보고 싶어."라고 말한다. 사쿠타로는 사진을 보다가 털모자를 뒤집어쓴 아키에게 말한다. "가자." 아키는 커다란 눈망울로 놀란 듯 사쿠타로를 바라보다가 슬며시 웃는다. "정말?", "가자." 사쿠타로가 더 크게 웃어 보인다. 그리고 영화는 다음 장면에, 죽은 아키의 흔적을 찾아 고향을 헤매고 있는, 성인이 된 사쿠타로를 보여 준다.

2004년 개봉된 「세상의 중심에서 사랑을 외치다」는 당시 일본에서 순애물이 유행하는 데 큰 역할을 했다. 원작은 2001년 발표된 소설로 드라마와 영화로 제작되었다. 일본 남부의 작은 항구 마을에서 마쓰모토 사쿠타로와 히로세 아키는 중학교 같은 반 친구로 지내다가 고등학교까지 함께 진학한다. 이 둘은 내내 붙어 다니며 서로 사랑을 느끼고, 배운다. 배를 타고 가면 금방 갈 수 있는 고향 근처의

무인도로 둘만의 여행을 다녀온 후, 아키는 백혈병 진단을 받는다. 영문도 모른 채 학교에 나오지 않는 아키를 기다리던 사쿠타로는 아키의 발병 소식을 듣게 되고 호주의 울루루로 가는 항공편을 끊는다. 세상의 배꼽이라는 별명을 가진 커다란 바위, 울루루에 가고 싶어 하는 아키를 위해, 사쿠타로는 세균 차단막으로 둘러싸인 무균 병실 속의 아키를 몰래 데리고 나와서 공항으로 향한다. 하지만 아키는 끝내 공항에서 호흡 곤란을 일으키며 쓰러진다. 그게 사쿠타로와 아키의 마지막이었다.

영화는 결혼을 앞둔 사쿠타로가 합가를 준비하며 짐 정리를 하다가 투병 중인 아키와 서로의 목소리를 녹음해 주고받았던 카세트테이프 꾸러미를 발견하면서 시작한다. 이사와 출근을 뒤로하고 유년의 흔적을 역으로 좇아 고향으로 돌아가던 사쿠타로는 끝내 미처 전달받지 못했던 아키의 마지막 메시지를 발견한다. 그러고는 아키의 유언을 따라 어릴 적 도망치듯이 잊어버렸던 아키의 장례를 마무리 짓기 위해 호주의 울루루로 간다.

"어땠어?"

K의 기대하는 눈빛에 차마 솔직하게 말할 수 없었다. 당시 내게는 아주 낡은 컴퓨터와 느려 터진 인터넷이 있었고, 일본에서 방영하는 드라마를 구해서 볼 수 있는 방법을 몰랐다. 여름 방학을 시작하며 부모님을 졸라 봤지만, 망가진 냉장고를 두고 며칠째 한숨을 내쉬는 엄마 앞에서 다시 입을 떼지는 못했다. 좋았어, 재밌었어. 슬펐어. 그렇게 말하고는 별거 아니란 듯이 책상 위로 눈을 돌리며 시큰둥하게 굴었다. 대충 어떤 내용인지, K가 사쿠타로와 아키의 장면들을 떠올리며 금방이라도 눈물을 흘릴 것 같은 눈망울로 설명했던 내용을 기억하고 있었으나, 자세한 장면과 대사 하나하나를 캐묻기 시작하면 이내 곤란해질 것이 뻔했다. 방학식을 시작하며 그 드라마를 꼭 보고 오라던 K의 표정이 떠올랐다. 마침 J가 끼어들었다.

"나도 봤어. 아, 너무 슬프더라. 또 보고 싶어. K야, 이번 주에 우리 집에 와. 너도 올래?"

중학교 3학년에 불과한데도 키가 180cm에 가까운 J가 K와 나에게 말했지만, 실은 K에게만 얘기하고 있다는 걸 알았다. 저 얄미운 새끼. K와 친해 보이던 내게 방학 동안 '바람의 나라' 정액권을 공유해 주겠다며 친하게 지내자고 다가오고서는 방학이 끝날 때까지 연락 한번 없던 새끼. 시큰둥하게 구는 내게 다소 실망스러운 기색이었던 K는 J의 말에 다시 화색이 돌았다.

"너도 와. J네 집 모니터 엄청 커."

충격이었다. 내가 차마 연락하지 못했던 방학 중에, K는 J를 따로 만난 적이 있단 말인가? 그때 그 드라마를 같이 보았다는 건가? 나는 심장이 내려앉는 느낌과 함께 왠지 모를 배신감에 휩싸였다. 문제는 그 배신감이 J를 향한 것인지 K를 향한 것인지 알 수 없다는 점이었다. 둘이 무슨 사이일까? 당시의 나는 연애 감정을 또래보다 뒤늦게 깨닫고 있었다. 좋아한다는 게 무슨 감정인지는 알았지만, 그래서 뭘 어떻게 해야 하는 건지를 몰랐다. 그냥 조금 더 친해지기를. 아니, 나하고만 친하게 지내기를. 그러나 그 마음은 지금 이 순간 배신당한 셈이다. 누구에게? 알 수 없었다. 나를 향한 J의 웃음이 몹시 비열하게 느껴졌다.

그날부터 나는 K와는 한마디도 안 하고 쉬는 시간마다 엎드려 잤다. 2학기 내내 데면데면하고 퉁명스럽게 구는 내게 어느 날 K가 무언가를 내밀었다.

"잘 읽었어."

여름 방학이 시작되고 딱 한 번, K와 메일을 주고받은 적이 있다. 나는 그림을 잘 그리고 싶었으나 손재주가 형편없었고, 그 대신 글쓰기를 잘했다. 어느 때인가는 짧은 소설을 쓰고 반 아이들에게 돌려 보여 주었는데 그걸 읽고는 후속작을 써 달라는 아이들이 생겨나기도 했다. K와 친해진 계기도 소설에 관한 일이었다. K는 글을 잘 쓰고 싶어 했으나 그보다는 그림을 잘 그렸고 일찌감치 선생님들로부터 미술 전공으로 진학하라는 권유를 받았다. K는 춤도 잘 췄다. 당시 교내 재즈 댄스 동아리에서 센터 자리를 꿰

찼다. 나는 처음엔 K의 재능을 부러워했고, 끝내 아름답다고 느꼈다. K는 내 소설에 칭찬을 아끼지 않으며 내게 다가왔다. 그러고는 방학이 시작되자 그 기간 동안 할머니 댁에 가서 지낼 자신을 위해 다음 작품을 메일로 보내 달라고 부탁했다. 그때 내가 K에게 보낸 소설은 사실상 K에게 보여 주기 위해 쓴 소설이기도 했다. K는 방학 동안 잘 읽고 개학하면 감상문을 써 주겠다는 답신을 보내 왔다.

K의 쪽지는 야무지게 접혀 있었다. 나는 그걸 손에 쥐고는 복도를 빠져나가는 K의 뒷모습을 오래도록 지켜보며 서 있었다. 분홍색 머리 끈이 복도에 가득한 햇빛 사이에서 유독 밝게 떠다녔다.

클라인 병

내가 쓴 소설의 내용은 세세하게 기억나지 않지만 대략 이렇다. 한 남자가 자신의 작은 아파트에서 눈을 뜬다. 그는 일상을 무미건조하게 살아가지만, 자꾸 무언가 이상한 기척을 느낀다. 밖으로 나가야 한다고 생각하지만, 알 수 없는 이유로 현관을 열지 못한다. 그때 전화가 울린다. 전화 속에서는 모르는 여자가 자꾸 도망치라고 말한다. 그리고 통화를 마치자 누군가 벨을 누른다. 현관의 작은 구멍으로 내다보니 어떤 남자가 서 있다. 그는 그 순간 깨닫는다. 저건 나다. 또 다른 나는 현관문을 밀고 들어와 나를 칼로 찌른다. 그렇게 죽음을 직감하고 눈을 감은 나는 다음 날 눈을 뜬다. 그러고는 다시 똑같은 하루가 반복된다. 또다시 전화벨이 울리고 누군가 현관을 두드리고 나서야, 나는 이곳이 하루가 반복되는 기이한 공간이라는 걸 깨닫는다.

수학 시간에 들었던 클라인 병이라는 개념에서 떠오른 소설이었다. 3차원에서 구현할 수 없는, 입구와 출구가 붙어 있는 기묘한 모양의 병이었다. 독일의 수학자 펠릭스 클라인이 만들었다고 해서 클라인 병이라는 이름이 붙었다고 한다. 입구와 출구가 붙어 있다는 점이 내게 묘한 상상을 불러일으켰고, 소설의 주인공은 클라인 박사를 모티브로 했다. 그 소설은 2부작을 목표로 했는데, 사실 스릴러로 만들 생각은 아니었다. 2부에서는 전화를 건 여자가 결국 주인공을 구출하고 여자와 주인공이 행복한 삶을 살아 간다는 그런 구상이었다. 방학 전에 1부를 썼고, 개학 후 K를 만나면 2부를 들려주고 내용이 마음에 드는지 물어볼 생각이었다.

그러나 2부를 쓰는 일은 없었다. 나는 K를 피해 다니기 위해 본래 어울려 다녔던 친구들 모두와도 서먹하게 지냈다. 어느 날은 앞자리에서 뒤로 돌아 내게 펜을 빌려 달라는 K를 쳐다보지도 않고 던지듯 펜을 건네고 교실 밖으로 나갔다. 교실로 돌아와서 울음을 터뜨린 K를 발견했을 때는 몹시 당황스러웠다. 여자아이들이 몰려와 K를 달래며 내게 무어라 욕을 했지만, 마음이 새하얘져서 잘 들리지 않았다. 겨울 방학을 일주일 앞둔 날이었다.

늦겨울

그해 2월은 알 수 없는 계절이었다. 겨울 공기와 봄의 햇빛 속에서 도시의 윤곽이 흐려졌다 선명해지기를 반복했다. 졸업하는 날, 3학년과 학부모 들이 운동장에 모여 있다가 교실로 들어왔다. 꽃다발과 롤링 페이퍼가 오갔다. 어떤 아이들은 방학 동안 새로 장만한 핸드폰에 서로의 번호를 저장하고, 또 다른 무리는 서로를 붙잡고 사진을 찍고 눈물을 흘렸다. 졸업 후에 나는 선생이고 학생이고 거칠기로 소문난 남고에 진학했다. 방학 동안 나는 용돈을 모아 콘택트렌즈를 샀다. 6살 무렵부터 쓰던 안경에서 벗어나는 일이 내가 방학 동안 시도한 가장 큰 모험이었다. 안경을 벗고 졸업 사진을 찍고 싶었기 때문이다. 처음 껴본 렌즈가 어색하고 불편했던 나는 교실 구석으로 피해 눈위를 만지작거리고 있었다.

"잘 썼어."

교실 구석에서 피곤한 얼굴로 서 있던 내게 K가 다가왔다. 나는 당황했다. "볼펜." 아, 볼펜. 그래. 사실 나는 겨울방학 내내 이 볼펜에 대해서 한 번도 잊은 적이 없다. 그때 내 필통에는 제대로 나오는 볼펜이 이것 말고는 없었다.

한 번도 쓰지 않은 채 아끼던 유일한 새 볼펜을 K에게 주었던 것이다. 그걸 알았을까? 사과하고 싶었다. 나의 잘못이 무엇이 되었든. 볼펜을 돌려받으면, 다시 말을 걸어 보려고 했다. 그러나 K가 울었고 겨울 방학이 시작되었다. 겨우내 한 번도 잊은 적 없었다. K는 내게 볼펜을 돌려주고서는 부모님과 교실을 나갔다.

잘 지내라는 인사도 없이. 졸업식이 끝났다.

성인이 된 후에 K를 만난 적이 있다. 우연히 연락이 닿아 동창들과 만난 자리에 K가 있었다. 어른이 된 K는 나와도 밝게 인사를 나눴다. 시를 쓰고 있어. 시인이 됐어. 잘됐다며, 중학교 때부터 알아봤다며 호들갑스럽게 말하는 K의 모습 위로 교복을 입은 K가 겹쳐 떠올랐다. 나는 얼마 전에 짐을 정리하다가 네가 준 쪽지를 발견했다고, 기억하느냐고 물었다. K는 하나도 기억하지 못했다. 기억나지 않아서 정말 미안하고 난처하다는 표정의 K에게 나는 웃어 보였다. 아냐, 사소한 거야. 아무것도 아니야. 호프집을 나와 2차로 가는 동창들을 뒤로하고 나는 원룸으로 돌아왔다. 버스 창문으로 겨울의 눈이 달라붙었다가 사라졌다. 그 후로 다른 동창을 비롯한 K와는 연락하지 않았다. 삶의 영역이 너무 동떨어진 각자였고, 나의 세상에서는 몇 번의 희망과 절망이 끔찍하게 반복되며 지나갔다. 서랍에서 발견했던 쪽지는 어느 순간 잃어버리고 없었다. 쪽지도, 쪽지의 내용도, 잃어버리고 나서 한참 뒤에야 그 사실을 깨달았다.

눈을 감고

그러니까, 나도 K도 이미 지금 세상에서는 사라진 지 오래다. 그때의 우리는 너무 많은 것을 알면서도 끝내 아무것도 할 줄 몰랐다. 그리고 많은 것을 할 줄 알게 된 지금에는, 끝내 그 무엇도 확신할 수 없도록 자랐다. 시간은 기억의 서쪽에서 짙은 구름처럼 흘렀고, 내게도 몇 번의 사랑이 새 떼처럼 몰려왔다가 각자의 나라로 떠났다.

대학을 졸업하고 몇 군데 직장을 옮기던 K가 워킹 홀리

데이로 호주에 가서 산다는 소식을 듣고는 슬며시 웃음이 나왔다. 이후로 오래도록 K를 기억하지 않았다. K는 드디어 울루루에 갔을 테니까. 내가 아닌 어느 누군가와 함께. 그게 참 다행이었다.

「세상의 중심에서 사랑을 외치다」는 영화만큼이나 엔딩 크레딧 곡이 유명하다. 히라이 켄이 부른 「눈을 감고瞳をとじて」를 외워 부르던 날들이 있었다. 나는 언젠가 하고 싶은 말이 있었던 것도 같다. 네가 울던 날로부터 시작된 그 겨울에 나는 아키와 사쿠타로의 이야기를 몇 번이고 반복해서 봤다고. 사쿠타로가 울 때, 나도 울었다고. 네가 돌려준 펜을 다 쓸 때까지, 다 쓰고 나서도, 버리지 않았다고. 언젠가 혼자서 그런 생각을 했다고. 그림을 그리고 싶었던 나와 글을 쓰고 싶었던 너의 꿈을 서로 바꾸어서 이루고 나면, 그렇게 어른이 되면, 너를 다시 찾아가 사과하고 싶었다고. 그러기 위해서 나는 여전히 글을 쓰며 살고 있었다고, 말이다.

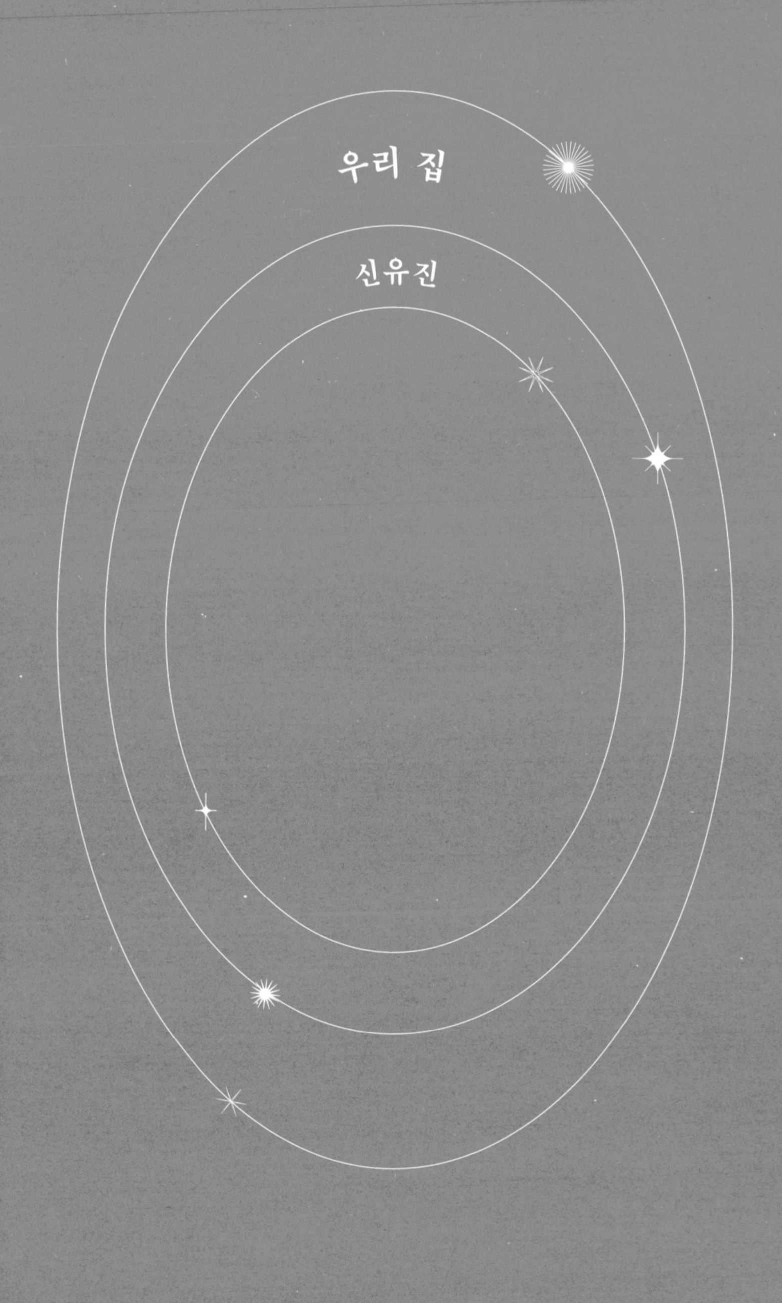
우리 집
신유진

신유진

작가, 번역가. 산문집 『창문 너머 어렴풋이』, 『몽 카페』 등을 썼다. 익산이 아니라 '이리'에서 어린 시절을 보냈다. '우리'라 할 수 있는 사람들과 '우리 집'을 만들며 살아간다.

몇 주 전에 엄마 집으로 이사를 왔다. 스무 살에 집을 떠날 때는 혼자였고 짐이라고는 이민 가방 하나가 전부였는데, 돌아올 때는 나와 반려인과 반려견 그리고 트럭 두 대의 짐이 함께 왔다. 전쟁이라도 난 것처럼 엄마 집 마당에 우리의 살림살이가 나뒹굴던 날, 나는 어쩐지 보따리장수 같은 삶을 들킨 것 같아 부끄러웠지만 엄마는 이 정도면 금의환향이라고 환하게 웃었다. 나와 함께 다시 한 집에서 살게 되어서 좋은 것일까? 아무래도 그런 것 같다.

"오래 안 있어. 새집을 찾을 때까지만."

조건을 붙였지만 앞날은 알 수 없다. 마흔하나에 엄마 집에 다시 들어오게 될 줄도 몰랐으니까. 짐을 전부 풀까

말까 망설이다가 결국 다 풀고 말았다. 오래 머물면 안 되는데, 오래 머물지 말자 다짐하면서.

엄마 집으로 이사를 왔다고 J에게 전화했더니 J가 화들짝 놀라며 아빠의 안부를 물었다.

"아버지 잘 계시지?"

"응. 왜?"

"깜짝 놀랐네. 왜 엄마 집이라고 해? 아버지는 쏙 빼고."

J의 말에 별 싱거운 소리를 다 한다고 웃었지만 생각해보니 내가 너무했나 싶었다. 왜 아빠를 쏙 뺐을까. 그러고 보면 나는 어릴 때부터 아빠를 이 집의 장기 투숙객 정도로 여겼던 것 같다. 아침에 나가면 밤 늦게 들어오고, 세탁기도 돌릴 줄 모르고, 프라이팬이 어디에 있는지 몰라서 계란프라이도 해 먹을 수 없으면 투숙객이 아닌가? 물론 그건 나를 포함한 다른 식구들도 크게 다르지 않았다. 집을 쓸고 닦고 가꾸고 고친 사람은 엄마뿐이니까. 나는 엄마가 자신의 세월을 바쳐 이 집을 얻은 것이라고 생각한다. 집이라는 것은 그렇게 얻어지는 것이라고. 그래서 내

가 자꾸 이사를 하나? 돌볼 줄 모르고 투숙객처럼 머무르기만 해서. 어쩌면 집뿐만 아니라 삶도 역시 쓸고 닦고 고칠 줄 몰라서 헤매는지도 모르겠다. 점쟁이는 역마살 때문이라고 말했지만.

역마살이란 게 있다면 살이 껴도 엄청난 것이 낀 것 같다. 벌써 12번째 이사다. 동네를, 도시를, 나라를 옮겨 다녔는데 결국 다시 엄마 집일 줄이야……. J의 말을 빌리자면 돈 지랄, 세월 지랄 다 하고 제자리로 돌아온 것이지만 나는 이 삶에 비교적 만족한다. 인생이 멀리뛰기는 아니니까. 무엇보다 이 긴 여행으로 내가 얻은 것이 몇 개 있다. 일단 하나에서 셋이 됐고, 두 개의 언어(한국어와 불어)를 오가며 살 수 있고, 무엇보다 뒤를 보는 눈을 얻게 됐다. 어느 순간부터 앞은 캄캄해도 뒤는 잘 보였다. 멀리 가는 동안 등 뒤에 있는 것들이 너무 환해서 몇 번이고 돌아봤는데, 그 환한 것 중에 제일 밝은 것이 엄마 집이었다.

엄마 집은 전라북도 익산시에 있다. 익산은 원래 '이리'였는데, 내가 어릴 때 이리에서 익산이 되어 버렸다. 친구들끼리는 죽어도 '이리'를 '익산'이라 부르지 않겠다고 다짐했더랬다. 서울 사람들에게는 익산이고 이리고 그냥 똑같은 지방이겠지만, 우리에게 익산은 주소에 군, 읍, 면, 리가 붙는 촌구석의 상징이었으니까.

"이름도 익산이 뭐냐? 촌스럽게. 가뜩이나 촌구석인데."

학교에만 가면 그런 대화들이 오갔다. 우리의 소원은 이 촌스러운 도시를 떠나는 것. 그런데 우리는 왜 그렇게 이곳이 싫었을까?

이 도시를 좋아하는 사람은 아무도 없었다. 적어도 내 주위에는 단 한 명도. 아이들은 어릴 때부터 이곳에 대해 좋은 소리 한번 들어 본 적이 없어 그냥 싫어했고, 어른들은 이곳이 지긋지긋하다고 말하면서도 도시의 덜 아문 상처를 쉽게 버리지 못하고 살아갔다. 공동체가 함께 겪은 비극은 시간이 지나도 그 무게가 덜어지지 않는 법이니까. 아니, 그 무게를 덜어 내서는 안 되니까.

어릴 때 역 앞에서 싸움을 목격했던 적이 있다.

"미군이 폭탄을 또 던져서 잡것들을 싹 쓸어버려야 혀."

대낮부터 술 취한 사람의 모진 혓소리가 들렸고, 이리

역 광장에서 미군이 던진 폭탄이 무엇을 말하는지 아는 사람들은 그 말에 담긴 폭력성에 걸음을 멈추거나 흠칫 놀라거나, 얼굴을 찌푸리며 혀를 찼다. 그가 바닥에 침을 탁 뱉자마자 한 남자가 역 광장을 가로질러 달려와 그의 멱살을 잡았다. 험한 말들이 오갔고, 순식간에 사람들이 모여들었다. 나는 할머니와 함께 싸움을 구경하는 무리에 섞여 있었다. 할머니는 시뻘개진 얼굴로 술 취한 사람을 향해 "호로 자식"이라고 외쳤고, 그게 할머니가 가장 화가 났을 때 쓰는 욕이란 걸 알고 있었던 나는 빨리 가자는 말은 차마 못하고 눈앞에 펼쳐지는 폭력적인 상황에 놀라 울음을 터뜨리고 말았다.

집에 돌아오는 길에 할머니는 우는 나를 달래기 위해 옛날 이야기를 들려주셨다. 미군이 던진 폭탄에 맞아 이리역이 허물어진 이야기. 만화에도 동화책에도 없는 이야기.

"미국 놈들이 전쟁한답시고 민간인들 사는 데 폭탄을 던진 거지."

"할머니도 봤어요?"

"아니."

“못 봤어?”

“장롱에 들어가 있어서.”

“왜?”

“무서웠으니까. 소리만 듣고도 벌벌 떨지 않았것냐.”

“어땠어?”

“천둥이 치는 것처럼 우르릉 쾅. 그러고는 유리창이 다 깨져 버렸어.”

“다치진 않았어?”

“사람들이 많이 다치고 죽었지.”

할머니는 앞으로 걸으면서도 역이 있는 곳을 향해 자꾸 고개를 돌렸다.

“저기 저쪽.”

할머니의 고개가 가리키는 역 광장에는 노인들이 오도카니 앉아 있었고, 할머니는 그때 그 폭발 사건으로 누군가를 잃은 사람들이 여전히 역을 떠나지 못하고 있다고 말했다. 누구를, 무엇을 잃으면 잃은 자리를 뜨지 못하고 오지 않는 것을 기다리며 생을 보낼까. 한동안 역에 가지 않아도 그곳을 서성이던 노인들의 얼굴이 보이는 것 같았다.

눈앞이 아니라 등 뒤로, 우리가 지나온 자리마다 기다림의 얼굴이 돌멩이처럼 놓여 있는 것만 같았다. 아마도 나는 그때 처음으로 돌아보는 법을 배우지 않았을까.

그날 저녁, 할머니의 방에서 티브이를 보는데, 초저녁부터 잠들었던 할머니가 벌떡 일어나 앉더니 나를 붙들고 말했다.

"무서운 일이 생기면 도망갈 생각일랑 말고 일단 이불을 콱 뒤집어써. 그리고 장롱에 가만히 숨어라. 괜히 도망친다고 방정 떨다가 큰일 나는 수가 있으니까. 가만히 숨어 있어라. 숨소리도 내지 말고. 가만히 있으면 다 지나가니까."

나는 그렇게 일제 강점기와 육이오를 통과한 할머니의 생존 비법을 들으며 자랐다. 그때는 엄마 집이 아니라 우리 집이었고, '우리' 안에는 할아버지, 할머니, 삼촌, 아빠, 엄마, 나, 동생 이렇게 일곱 식구가 있었다. 우리 집의 장점은 학교 숙제로 써야 했던 일기의 소재가 떨어지지 않는다는 것이었다. 방학 때 일기가 밀리면 식구들 이야기를 돌아가면서 한 번씩만 써도 일주일을 채울 수 있었다.

나는 다른 숙제는 몰라도 일기만큼은 '수, 우, 미, 양, 가' 중 늘 '수'를 받았다. 내게 집은 커다란 세계였고, 방문을 열기만 하면 이야깃거리가 쏟아져 나왔으니까. 할아버지 할머니 방에는 다방에서 여자들과 쌍화차 마시다가 할머니한테 붙들려 온 할아버지의 변변한 비애와 할머니의 분노가 있었고, 부모님의 방에는 아빠의 부재와 엄마의 외로움이, 삼촌 방에는 민주화 운동의 비장함과 이문세의 노래가, 동생 방에는 게임 보이 그리고 내 방에는 식구들 덕분에 '수'를 받은 일기장이 있었다.

"무서운 일이 생기면 이불을 뒤집어쓰고 옷장 속에 숨어 있자."

일기장에 할머니의 가르침을 적은 후 며칠이 지나지 않아, 도시 곳곳에서 최루탄이 터졌다. 동네 사람들에게 데모꾼이라고 불렸던 삼촌이 행방불명 된 것도 그 무렵이었다. 평소라면 '호로 자식'이라고 화를 냈을 할머니가 삼촌 친구의 전화 한 통을 받고 부들부들 떨던 날, 할머니는 내게 했던 말과 달리 이불을 뒤집어쓰지도, 옷장 속에 숨지도 않았다. 할머니는 대문을 열고 나가 삼촌을 찾아 도시 곳곳을 헤맸다. 그날 할머니를 따라나섰던 엄마의 말에 의하면 이리역 광장에 할머니 목소리가 울려 퍼졌다고 한다. 이놈의 동네를 아니 이놈의 나라를 떠날 것이라고 온몸으로 외쳤다고 한다.

삼촌이 사라진 이후로는 학교에서 돌아오면 형사들이 우리 집에 와 있었다. 엄마는 내게 삼촌에 대해서는 입도 벙긋하지 말라고 몇 번이나 주의를 주었지만, 입보다 글이 쌌던 나는 그 이야기를 일기장에 적어 버리고 말았다. 삼촌이 왜 집에 안 들어오는지 누가 삼촌을 찾는지 등등. 무섭게 생긴 형사 아저씨들을 그린 그림까지 곁들인 그 일기는 '미'를 받았고, 태어나 처음으로 받은 그 '미'라는 글자에 나는 얼굴이 빨갛게 달아오르는 이상한 수치심을 느꼈다. 그때 나는 내가 쓴 일기가 왜 '미'를 받아야 했는지 이해할 수 없었다.

"선생님도 무섭지 않았을까?"

이사 온 기념으로 J와 술을 마시다가 우연히 꺼낸 그 이야기에 J는 그렇게 대답했다. 동네 호프집이었고, 티브이에서는 과거의 참사를 이야기하는 방송이 나오고 있었다. 사고의 진상 규명이 제대로 이뤄져야 한다는 출연자의 말에 누군가가 술맛 떨어지니 채널을 돌리라고 소리쳤고, 이내 주인이 나타나 티브이를 꺼 버렸다. J는 그 테이블을 조용히 가리키며 저 사람의 마음과 초등학생의 일기에 '미'를 주는 마음이 크게 다르지 않을 것이라고 했다.

"그냥, 모른 채 살고 싶은 거지. 근데 또 불편하기도 하고, 그러니까 그런 이야기를 꺼내는 사람한테 괜히 짜증내는 거야."

"그래서 글 쓸 때 신경이 쓰이더라. 어떤 이야기는 사람들이 싫어하고 불편할까 봐."

J의 말에 나도 모르게 뜬금없이 고민을 털어놓았고, J는 맥주잔을 단숨에 비우며 그냥 쓰라고 했다.

"지나고 나면 '수, 우, 미, 양, 가'가 무슨 의미가 있어. 일기를 썼다는 게 중요하지."

"그럴까?"

"그렇겠지. 나도 몰라. 뭘 써 봤어야 알지."

J는 취했는지 큰 소리로 몇 번이나 에이씨, 에이씨 하다가 가방에서 립스틱을 꺼내 냅킨에 커다랗게 '수'라고 적어 내게 건넸다.

"부적이다. 영원히 '수'만 받는 부적."

나는 엉겁결에 그것을 받아 쥐었다. 물론 부적값으로 술값을 내야 했지만 집에 돌아와 책상 위에 그 요상한 것을 올려놓으니 신기하게 뭐라도 쓸 수 있을 것 같은 기분이 들었다. 그러니 옛이야기를 다시 이어 가자면…….

일기장에 '미'를 받던 그 겨울의 초입에 삼촌을 보러 갔다. 나는 온 식구들이 아빠 차에 오를 때만 해도 바다에 가는 줄 알고 들떠 있었더랬다. 겨울 바다를 보러 가는 일은 종종 있었으니까. 무엇보다도 신났던 것은 파카를 입지 않아도 된다는 것이었다. 가뜩이나 동그란 얼굴이 파카를 입으면 보름달처럼 동그랗게 보여서 싫었는데 웬일로 엄마가 빨간 코트를 입어도 된다고 허락해 줘서 어찌나 좋았던지. 한겨울에 빨간 코트를 입고 온 가족의 손을 잡고 놀러 가는 어린이, 내게는 그런 이상이 있었던 모양이다.

어린이의 이상은 차가 멈춘 순간 완전히 깨져 버렸다. 오래전의 일이라 기억이 희미하지만 도착한 곳에는 큰 회색 건물이 있었는데 계단이 많았고 입김이 나올 정도로 싸늘했다. 하지만 할머니가 계단에서 몇 번씩 주저앉았던 일과 파란색 수의를 입은 삼촌의 얼굴만큼은 지금도 선명하게 기억한다. 삼촌이 충혈된 눈으로 나를 보더니 "빨간 코트를 입었네."라고 말했던 것도.

집으로 돌아오는 길에는 눈이 많이 내렸지만 가족 중 누구도 눈을 반기지 않았다. 달리는 차에서 할머니만 자꾸 뒤를 돌아보며 "너무 멀다, 눈이 오니까 더 멀다." 그러셨다.

삼촌이 없는 겨울 동안 할머니는 매일 빈방을 보며 거실에 앉아 우셨고, 어느 순간부터 그것이 내게는 익숙한 풍경이 되어 버렸다. 할머니는 앉아서 우는 사람, 그러다 밥때가 되면 벌떡 일어나 밥 한 그릇을 뚝딱 다 먹는 사람. 내가 기억하는 할머니는 그런 사람이었다.

"어떻게 밥이 넘어갈 수 있지?"

지금도 엄마는 지금도 그 시절의 할머니를 떠올릴 때면

고개를 절레절레 흔든다. 내 작은 불행에도 앓아눕는 엄마로서는 도저히 이해할 수 없는 일이었을 것이다. 할머니는 삼촌의 출소를 기다리는 동안 정말 단 한 끼도 거르지 않고 식사를 챙겨 드셨다. 입맛이 없는 날에도 꼭 화가 난 것처럼, 우는 것처럼 밥을 꾸역꾸역 드셨는데, 내게는 그 모습이 어떤 때는 안쓰럽고 또 어떤 때는 조금 무섭게 느껴졌었던 것 같다.

"할머니, 맛있어?"

언젠가 밥을 두 그릇이나 드시는 할머니를 보며 내가 물었다.

"맛으로 먹겠니, 먹어야 힘을 쓰니까 먹지."

"힘은 어디에 쓸라고?"

"삼촌이 빨리 집으로 돌아오게 해 달라고 기도해야지. 봐라, 내가 간절히 기도하면 다 들어주신다."

"잡히지 말라고 기도했어야지."

"그때는 기도발이 약했어."

"왜?"

“밥을 잘 못 먹어서. 그러니까 뭔 일이 나도 끼니는 절대 거르는 게 아니야. 사람은 기운이 전부다. 기운이 있어야 버티고 싸우는 거야. 안 그러냐?”

“언제는 가만히 숨어 있으라며.”

“숨어 있을 때가 있고, 싸울 때가 있는 거지. 아가, 어차피 싸울 거면 무섭게 싸워서 이겨야 한다.”

“기도한다며?”

“기도도 싸움처럼 해야지. 암, 그렇고말고, 나는 기도도 싸움처럼 해 버려. 당신이 내 기도를 안 들어주고 배기나 보자, 그렇게. 봐라, 삼촌이 곧 온다.”

할머니의 기도발이 먹혔던 것일까. 어느 날 학교에서 돌아오니 삼촌 방에서 이문세의 노래가 흘러 나오고 있었다. 나는 달려가 방문을 활짝 열었고 그러자 담배 연기와 함께 노래를 흥얼거리는 삼촌의 목소리가 나를 반겼다. 나는 그리웠던 이의 목을 끌어안는 대신에 어색함에 쭈뼛거리다 그냥 웃어 버렸고, 삼촌도 “왔냐?” 하고 살짝 웃는 것으로 인사를 대신했다. 부엌에서 엄마와 할머니는 ‘징그러운 신 씨들'이라고 말하면서 신 씨들 먹일 밥을 지었다. 그날 우리 식구들은 별말 없이 밥을 먹었다. 조기 두 마리가 모두 삼촌 앞에 갔을 뿐, 크게 달라진 건 없었다. 나는 누군가에게 보여 줘야 하는 일기장에는 그날의 일을 쓰지 않았다. 대신 비밀 일기장 속에 할머니와 삼촌의 표정을, 식탁 위 놓인 조기의 머리 방향을 기록했을 뿐이다. 그리고 밥상에 함께 앉았던 식구들이 하나, 둘 떠난 후에야 그 기록을 이렇게 다시 꺼내 보며 산다. 다 지나간 일들을 뒤돌아보면서. 다시 오지 않을 일들을 이야기로 엮으면서.

이곳을 제일 싫어했던 사람은 할머니, 그다음이 나였는데 할머니가 아흔두 살까지 여기서 살다가 돌아가신 것을 보면, 나 역시 이 집에 오래 머물 것 같은 이상한 예감이 든다. 할머니는 돌아가실 때쯤에 유독 꽃 이야기를 많이 하셨다. 꽃이 활짝 필 때 떠나고 싶다고도 했고, 꿈에 꽃이 만발한 집을 봤다고도 했다. 나는 할머니가 천년만년 살게 될 곳이 할머니 꿈에 나온 그 집이기를 바랐다. 숨지 않아도, 배가 고프지 않으면 먹지 않아도, 싸우듯 기도하지 않아도 되는 곳이기를.

할머니는 눈이 오던 어느 겨울밤 전복죽으로 마지막 식사를 마치시고 떠나셨다. 생각해 보면 아프실 때도 끼니를 거른 적이 없으셨는데, 아마도 그렇게 먼 길 떠날 채비를 하셨던 게 아니었을까.

엄마 집에 돌아와 내가 첫 번째로 한 일은 세끼 밥을 꼬박꼬박 챙겨 먹은 것이다. 밥을 먹으면서 지금의 나는 숨고 있는지, 싸우고 있는지 아니면 기도하고 있는지를 묻는다. 그리고 그게 무엇이든 일단 밥을 든든하게 먹고 해 보자 다짐한다. 아빠에게는 매일 집안일을 가르쳐 주고 있다. 세탁기를 돌리고, 밥솥에 밥을 안치고, 프라이팬을 찾아 계란프라이를 하고. 엄마가 집에 없는 동안 아빠와 마주 앉아 빨래를 개면서 이 나이에 왜 이런 일까지 해야 하는지 모르겠다고 신세 한탄을 하는 아빠에게 “여기는 아빠 집이니까.”라고 말해 버렸다. 아빠는 “그럼 네 집은 아니냐?” 물었고, 나는 잠시 머뭇거리다가 “그래서 같이 하잖아.”라고 대답했다. 아빠는 툴툴거리면서도 가르쳐 준 일들을 서툴게 해내는데, 수건을 단정하게 개는 것을 보면 어떤 일은 아빠가 엄마보다 더 잘하는 것도 같다.

오늘은 아빠와 밥을 차리다가 할머니 이야기를 했다. 할머니가 얼마나 밥을 많이 드셨는지, 흰쌀밥이 수북하게 담겨 있던 할머니의 밥그릇은 사실은 밥그릇이 아니라 국그릇이었다며 둘이서 깔깔 웃었다.

"노인이 그 많은 밥을 어떻게 다 먹었을까?"

내가 묻자,

"좌우지간 사는 힘은 밥에서 나오니까."

아빠가 말했다. 그러니까 밥을 잘 먹어야 한다는 당부를 덧붙이면서. 우리 집은 여전히 밥이구나 하는 생각에 피식 웃음이 나왔지만, 나는 그렇게 우리 집을 되찾은 것 같기도 하다. 하루를 살아도, 한 달을 살아도 이제는 내 집을 만들어 볼까, 그런 마음으로 방바닥을 쓸고 닦는다. 아무래도 사는 일은 싸움처럼 격렬한 기도인 것 같다.

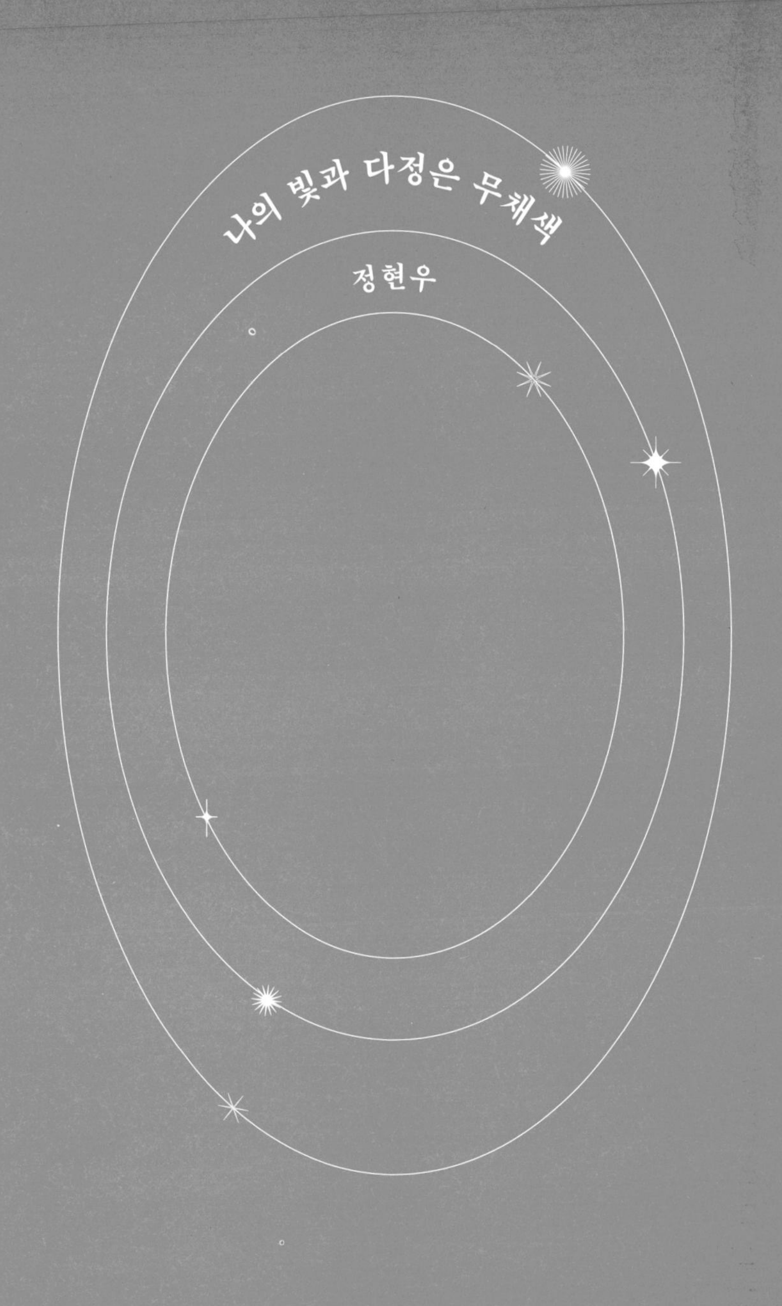
나의 빛과 다정은 무채색
정현우

정현우

시인. 2015년 『조선일보』 신춘문예로 등단했다. 시집 『나는 천사에게 말을 배웠지』, 산문집 『우리는 약속도 없이 사랑을 하고』 등을 썼다. 불과 유리와 얼음, 그리고 도토리나무가 있던 어린 시절을 보냈다.

불의 정원

붉게 타오르는 앵두들이 가득한 곳, 바람이 잔잔히 불면 앵두가 툭 하고 터지는 곳, 그 아래 살던 검둥이. 옆집에 살았던 검둥이가 아저씨들의 손에 죽는 장면이 불쑥 꿈에 찾아온다. 불에 그슬린 검은 혀와 푸석한 햇살, 비릿한 피 냄새와 눅눅했던 늦여름의 냄새, 비가 올 듯 말 듯한 먹구름, 시냇물에 흘러내려 가던 연붉은 핏물, 다음 날 아침 일찍 나는 울음도 없이 검은 개의 잔해들을 모아 뒷산에 묻어 주었다. 검은 개는 이름은 검둥이다. 이유는 밤보다 더 검었으니까. 더 아름다운 이름을 지어 줄걸 그랬다는 생각을 가끔 하기도 한다.

그 장면을 목격한 이후부터 남몰래 물건을 태우는 버릇이 생겼다. 검둥이가 묻힌 뒷산에 박스를 들고 올라갔다. 그 박스 안에는 내가 미워하는 사람의 이름을 적어 둔 일기장, 할머니의 머리카락, 구멍 난 양말, 지난겨울에 주웠던 마른 호랑가시나무 가시, 공사장에 버려져 있던 소라껍질을 넣어 두었다. 지우고 싶거나 생각하고 싶지 않은 것들 또는 내가 갖지 말았어야 하는 것들을 가지런히 모아 태웠다. 그러고 나면 마음이 편해졌다. 나무 아래 기대어, 말라 버린 벌레 껍질을 던지거나 돌을 뒤집으면 나오는 콩벌레들을 굴리며 놀았다.

검은 개가 자꾸 나를 죽음 앞으로 데려다 놓았다. 개는 짖는데 울음소리가 들리지 않는 장면들을 무엇이라고 설명해야 할까. 매미들이 만든 울음의 숲에서 생각한다. 나는 최선을 다해 살았던 적이 있던가. 사람은 왜 죽는 순간까지 울면서 살아야 하는지, 고요히 지내는 것이 최선을 다하는 것일까, 그 고요는 내가 통제할 수 없는 영역인지, 나 자신에게 물으면 너무 늦은 밤에 답이 돌아왔고, 신에게 물으면 그냥 검둥이 살갗 타는 냄새가 났다.

유리의 정원

나에게 유리는 우울을 구원해 주기도 하지만 혈관에 슬픔을 수혈해 주는 존재 같기도 하다. 유년 시절 친하게 지내던 친구를 따라 성당에 자주 갔다. 그 친구에게는 친엄마가 있었지만 얼굴을 한 번도 본 적이 없다고 했고 아버지는 죽었다고 했다. 그때 당시엔 몰랐지, 부모님을 가진다는 것이 얼마나 다정한 일인지. 친구와 나는 빛들이 여려 겹의 꽃잎처럼 흩날리는 스테인드글라스 아래서 기도를 하며 놀았다. 친구를 따라 성호를 그으며, 집에 시름시름 앓고 있는 거피들이 죽지 않게 해달라고. 혹은 오늘 엄마의 반찬이 김치와 멸치가 아니기를, 사소하고 우스운 기도를 했다. 나는 친구에게 너는 어떤 기도를 했느냐고 물었고 친구는 엄마가 보고 싶다고 이야기했다. 신부님에게 고해 성사를 하고 돌아온 친구는 엄마가 그리워서 한 행동

들을 이야기했다. 보육원에 있는 강아지의 엉덩이를 괜히 손바닥으로 때리거나 길가의 꽃들을 마구 꺾어 버리거나 다른 친구의 지갑에서 많지 않은 돈을 훔쳤다고 했다. 엄마가 돌아오지 않는 것과 그것이 무슨 상관관계가 있느냐며 그 친구에게 다그치려는 순간, 친구의 눈에 그렁그렁하게 눈물이 맺혀 있어서 바로 입을 닫았다. 나는 누구에게는 엄마가 없을 수도 있다는 사실을 받아들이지 못했던 것 같다. 친구는 내게 엄마가 돌아왔으면 좋겠다고 했고 나도 그랬으면 좋겠다고 끄덕거렸다. 어린 나로서는 그 친구에게 해 줄 말이라고는 '옥상으로 가자.'밖에 없었다. 우리는 자주 옥상에 올랐다. 단풍 씨앗을 손에 가득 들고. 헬리콥터처럼 핑그르르 돌며 내려가는 단풍 씨앗을 보면서 왜 씨앗들은 위에서 아래로 떨어져야만 하는지, 그것들의 작은 운명이 궁금해지기도 했다. 여기저기 흩어진 씨앗들은 또 한 그루의 나무로 태어나겠지, 단풍 씨앗을 날리는 행위는 어떤 의식이라도 치르듯 신성했다. 친구는 손에 묻은 흙을 탁탁 털며 내게 말했다.

"단풍 씨앗이 날아가는 것을 보면 희한해."

"뭐가?"

"반쪽이 잘려 나간 요정 같지 않아?"

"너무 잔인하다, 그냥 요정이라고 하지 반이 잘려 나간 건 뭐야?"

"그렇지. 우리는 요정이 어떻게 생겼는지 모르니까."

나는 친구의 말에 대부분 동의했다. 반쯤 몸통이 잘려 나간 요정인 것 같기도 했고 저 모양이 정말 요정이나 천사의 모습일 수도 있다는 생각. 친구는 이제는 시시하다며, 살아 있는 것을 날리는 것은 어떨까 하고 물었다. 병아리, 햄스터, 메추라기 들을 이야기했다. 햄스터는 날개도 없는데, 나는 고개를 절레절레 흔들었다. 하지만 궁금했다. 높은 곳에서 떨어지면 어디까지 부서질 수 있는지, 어디까지 산산조각날 수 있는지. 쉽게 깨지는 존재들은 모두 유리 같다는 생각, 나의 친구는 무척 잘게 부서진 유리 조각 같다는 생각이 들었다. 더 이상 부서질 수 없는.

"넌 유리 같다."

"본드나 해 볼래?"

"무슨 또 헛소리야, 본드라니."

"뉴스에서 봤는데, 본드 마시면 천국에 있는 기분이래."

"또 너는 이상한 소리를 하는구나. 정신 차려."

친구의 뒤통수를 세게 치면서도 본드를 하면 정말 천국에 있는 기분일까 궁금해졌다. 잠시 뒤 친구는 자기가 돼지표 본드를 가져온다며 보육원으로 들어갔다. 나는 바닥에 쭈그려 앉아 시멘트 바닥에 검게 붙은 껌 딱지를 나뭇가지로 눌러 보았다. 천국에 있는 기분이 뭐지. 천국에 가 보기는 했나. 천국은 어떻게 이루어져 있을까. 그곳의 구름은 어떤 모양일까. 비는 어떤 방식으로 내릴까. 바람들은 깜박이는 빛처럼 그런 상태로 가득 차 있을까. 아니면 눈이 새하얗게 덮여 있고 그 위를 양들이 뛰어다닐까. 천국은 정말 있기는 한 걸까. 매번 나를 궁금하게 만든 질문들이었다. 누워 있는 메뚜기에 달라붙은 개미들을 나뭇가지로 툭툭 쳤다.

"여기 본드 가져왔다."

친구가 돼지표 본드 뚜껑을 열자 끈적거리고 그 냄새에 멀미가 났다.

"본드는 물건 붙이라고 있는 거지, 냄새 맡으라고 있는 게 아니야."

나는 친구의 손에서 본드를 빼앗아 뚜껑을 꽉 돌려 닫았다.

"냄새 맡는 거, 이런 거 하자고 하면 다시 안 볼 거야."

그러고는 돼지표 본드가 터지게 질끈 밟아 버렸다. 다시는 쓸 수 없도록. 본드 귀퉁이가 찢어졌고 끈적하고 노란 액이 흘러나왔다. 우리가 옥상에서 떨어트리며 놀았던 것들이 떠올랐다. 저 본드라면 다시 붙여 놓을 수 있을까. 깨져 버리고 마는 것들을 다시 붙일 수 있다면, 그런 게 천국이라면. 깨져 버린다는 동사를 생각하면 먼저 유리라는 것이 단어가 떠오르는. 유리, 유리체, 사람의 눈, 그 속에 얇은 바늘이 정교하게 있는. 나는 자주 그런 모습들에게 더 가까워지고 싶었다. 유리체가 깨지고 나면 더 이상 아무것도 아닌 존재에게, 인간을 인간이라 부를 수 없는 순간에, 저 세상으로 넘어가면 다시 볼 수 없는 상태에.

"너는 천국이 있는지 없는지도 모르면서, 왜 아는 척인데?"

"그렇지, 나도 몰라. 근데 스노볼 같은 거 아닐까?"

"갑자기 스노볼이라니."

"그러니까 유리가 가득한 이곳에서, 유리가 없는 저 세계로 넘어간 거지. 스노볼의 세계처럼 영원히 존재할 수 있는 그런."

이런 엉뚱한 상상을 하고 나면 슬퍼졌다.

겨울이 만드는 거대한 환상 아래서, 얼어붙은 자리에 다시 얼기 시작하는 빛들을 보았다.

얼음의 정원

천장이 낮은 우리 집, 외풍이 심했던 집, 고드름이 자라면 얼음 감옥이 되어 버리는 집, 창문 밖의 바람이 나의 살갗을 아프게 흔들던 집, 누워 있으면 고드름에 맺힌 빛이 나의 이마에 닿던 집, 그런 고드름 속에 높은 빌딩들이 거꾸로 달려 있던 집, 돈이 많으면 저런 좋은 집에 살 수 있겠지 하며 나는 시체 놀이를 자주 했다. 추위가 만드는 거대한 얼음 아래서 얼어 있는 빛들 아래, 덮어도 추운 이불 속에 있었다. 그렇게 마음이 움직여 봤자 누워 있어야 할 뿐. 나를 둘러싼 얼음과 가난은 고요한 여백들을 관조할 수 있게 짜여졌다. 빛을 노래하는 듯 나를 찌르는 마음으로, 완성시킬 수 있다는 마음으로 우리 집에 유일하게 살아남아 있는 게발 선인장이 용케도 신기했다. 얼었다 녹았다를 반복하는데도 끈질기게 살아 있었다. 빛이 들지 않는 곳에서 사는 방법을 아는 것 같았다. 얼음이 어는 소리를 음표로 나타낸다면 어떤 음들일까. 천장에서 새는 물들이 세숫대야에 떨어질 때마다 그 소리를 듣기 위해 더 가까이 얼굴을 갖다 대면 햇빛이 어둠과 만나 푸르게 수백 가지로 갈라졌다. 여전히 추운 것 같다. 우리 집만 유난히 겨울이 길었던 것 같다. 집 밖의 겨울이 춥다는 생각은 들지 않았다. 나의 살결을 에는 추위보다 내 마음을 에워싸는 그 무엇인가가 더욱 크게 느껴졌다. 얼음 사이를 날아다니는 새 떼들을 보고 있노라면 울음은 얼지 않는다는 생각이 들었다. 늘 아프고 추웠지만 찬란하게 빛나는 저 얼음의 서리들.

겨울이면 친구와 얼어붙은 저수지 위에서 불장난을 했다. 받아쓰기한 공책을 한 장 한 장 불태우면서. 공부에 관심이 없던 친구였기 때문에 대부분 빵점이었다. 빵점 맞은 종이를 찢어발기면서, 담임 선생님이 벌로 내려 주신 깜지 종이를 찢으면서, 웃고 떠들었다. 친구와 저수지를 향해 가는데 어느 날은 차에 치인 고양이를 발견했다. 친구는 우리가 화장을 해 주자고 말했다. 화장을 해 주는 것이 맞는 것 같다는 생각이 들기도 했지만, 저 고양이의 죽음이 우리의 것도 아닌데 함부로 그렇게 태워도 될까 하는 마음이 들었다. 우리는 슈퍼에서 박스를 구했고 고양이를 조심스레 담았다. 박스 안에 있는 고양이에 아주 가늘게 숨이 붙어 있는 것을 확인했지만, 더 이상 손쓸 수 없다는 것을 직감했다. 고양이가 죽기 직전에 편히 갈 수 있게 해 주자는 나의 말에 친구가 내 얼굴을 똑바로 쳐다보았다.

"편안한 죽음이라는 게 있나. 죽으면 다 똑같은 거 아냐?"

"그렇지. 죽으면 다 똑같은 건데, 아직 조금은 살아 있잖아."

"거의 다 죽은 것 같은데, 그냥 밟을까?"

"아냐, 그건 아닌 것 같아. 마른 풀 위에 내버려 두자."

친구는 나를 이해할 수 없다는 표정을 지었고, 나는 친구가 들고 있던 상자를 빼앗아 건초들이 있는 뒷산으로 갔다. 고양이는 상자 속에서 심장이 멎은 듯 했으나, 나는 걸음을 멈출 수 없었다. 저수지 위로 가면 친구가 분명히 고양이를 불태워서 화장을 시키자고 할 것이었다. 고양이의 마지막 모습을 그런 식으로 보고 싶진 않았다. 여러 모양의 낙엽들을 헤치며 모조리 얼어붙은 숲의 안쪽으로 들어갔다. 상자를 내려놓고 슬쩍 들여다보니 고양이는 이미 눈을 감은 채였다. 나는 그 위에서 나의 죽음이 되지 못하는 것들에 대해서 생각했다. 우두커니 나무들이 햇살을 받아내는 소리를 듣고 있었다. 친구가 성냥개비를 꺼내 들더니 불을 붙였다.

"그거 가지고 뭐하게?"

"화장시켜야지."

"응, 그래야지."

고양이의 머리쯤에 성냥불이 닿자 수염이 타들어 가다가 꺼져 버렸다.

"성냥불이 약하네, 한 통 전부 다 써야겠다."

나는 다급히 친구에게 성냥을 빼앗아 멀리 던져 버렸다.

"아니, 왜 그래?"

"화장을 해야 하는 게 맞는 건지 아닌 건지 잘 모르겠어."

"근데 왜?"

나 또한 죽은 것을 태우면 무엇이 나오는지 어떻게 되는지 궁금했지만 저 작은 죽음을 호기심의 이유로 훼손하고 싶지는 않았다.

"웬 호들갑이야, 너도 궁금하잖아. 왜 깨끗한 척이야. 이미 죽은 걸."

"그래 나도 궁금해, 그냥 여기까지 왔으니까 산속에 심자."

"뭘 심냐, 이게 씨앗도 아니고."

나의 어린 마음에는 산속의 나무들이 고양이를 먹고, 그로써 고양이는 나무의 일부가 될 것이라고 생각했다. 나무들은 고양이의 고요하고 이글거리는 눈빛 같은 나뭇잎들을 매어 달고서 얼음 숲에서 일제히 흔들릴 것이다. 상자 속에 들어 있는 고양이가 마치 잠들어 있는 것 같았다. 겨울잠에 들어서 언제든 깨어날 수 있는 것처럼 평온해 보였다. 깊은 잠에 빠진 고양이의 두 눈을 보고 있노라니 고양이의 몸은 썩으면서도 썩지 않을 수도 있다는 엉뚱한 생각이 들었다. 모든 것들에게 영혼이 숨어 있고, 그 영혼이 있기 때문에 썩지 않을 거라는 생각. 영혼을 태우면 무슨 냄새가 날까. 흰 빛처럼 깜빡하고 사라지는 걸까. 영혼은 그러니까 매미가 몸의 껍질을 벗고 날아오르는 상태인 걸까. 빛의 날개를 달아 보는 걸까. 부서지고 더 이상 교환할 수 없는 눈빛들이 쇄락해 가는 겨울 숲에서 우리를 한참이나 불러 세우는 것은 살아 있는 기쁨이 아니라 저 작은 고양이의 잠인 것. 사라지는 것을 더 잘 지우기 위해서 혹은 더 기억하기 위해서. 높게 솟아오르는 침엽수들, 얇고 푸른 바늘에 주검들을 꿰어 보고 싶었던 그 겨울.

도토리나무 정원

도토리나무들의 가지들이 서로 닿지 않고 뻗어 있다. 넓은 나뭇잎의 잎맥들이 햇살에 반사되어 마치 빛의 알갱이들이 거미줄에 걸려 있는 듯하다. 어디에서부터 시작되었는지 모르는 바람의 소리가 가을이 오는 소리와 함께 들려온다. 초등학교 시절, 다람쥐를 키운 적이 있다. 늦은 밤, 다람쥐를 주머니에 넣고 밤 산책을 가곤 했다. 자박자박 나뭇잎을 밟으며, 고요가 만들어 내는 숲의 평온은 사람의 하루를 가장 길게 늘어뜨릴 수 있다고 생각했다. 도토리들을 떨어뜨리는 나무들의 자세는 무언가를 마주해야 하는 느낌을 들게 한다. 나무들의 언어는 사랑의 방식을 아는 것 같다. 잠시라도 가만히 있지 않는 나무들의 흔들림 때문이랄지, 서로의 손이 닿지 않으면서 사랑을 키우니까. 나무들의 슬픔은 한번 건들면 우수수 떨어지며 맴돌다 가는 인간의 작고 가장 나약한 슬픔과 반대 방향으로 자란다. 손바닥은 안녕 하면서 끝없이 흔들린다.

내가 키웠던 것 중 가장 작고 힘이 세고 자유로웠던 다람쥐를 생각하면 잎이 모두 사그라드는 계절이 떠오른다. 가을에서 겨울로 넘어가는. 나무를 향해 다람쥐를 포물선 모양으로 던지면, 나무와 나무 사이를 멋지게 도약하던 토리, 다람쥐의 성은 음, 이름은 토리다. 다람쥐를 처음 발견했을 때 으으으음 하고 노래(「제비꽃」)를 흥얼거리고 있었기 때문이다. 토리가 나의 오른손에 앉아 있는 날들은 둥글게 글썽거리는 햇살을 한 움큼 쥔 느낌이었다. 나는 자주 토리에게 도토리를 주워 오게 했다. 토리의 양 볼 가득 담긴 도토리를 엄지와 검지로 세게 누르면 도토리들이 줄사탕처럼 데굴데굴 굴러 나왔다. 토리의 이빨은 아주 강하고 단단했지만, 내 손가락을 깨문 적은 한번도 없다. 토리를 작은 손가방에 넣고 다녔는데, 토리는 가방 속에서 고개만 살짝 내밀곤 했다. 놀이터에 갈 때나 문방구에 갈 때에도 토리는 조용히 손가방 속에 둥글게 몸을 말고 있었다. 토리를 어깨에 올려 두고 서리가 내린 숲을 걷기도 했다. 잔가지 사이에 껴 있는 얼음 알갱이들을 털어 보기도 하고, 고요가 내뱉는 영혼의 숨들을 차근히 듣기도 했다.

"네가 태어난 곳이 여기가 맞지?"

물으면 저녁노을에 물든 주홍빛 나무들 사이에서 솔부엉이들의 울음소리가 들려왔다. "너는 몸이 작으니 작은 슬픔을 가졌겠구나."

우리가 그것을 이해하기엔 너무 어렸지만 무엇이든 알고 싶었다. 석양 속 길어지는 그림자 둘. 서로에게 기대고 있는 비스듬한 사랑을. 숨을 곳이 없어 그림자 속에서 금방 들키고 마는 무채색 빛과 꿈을.

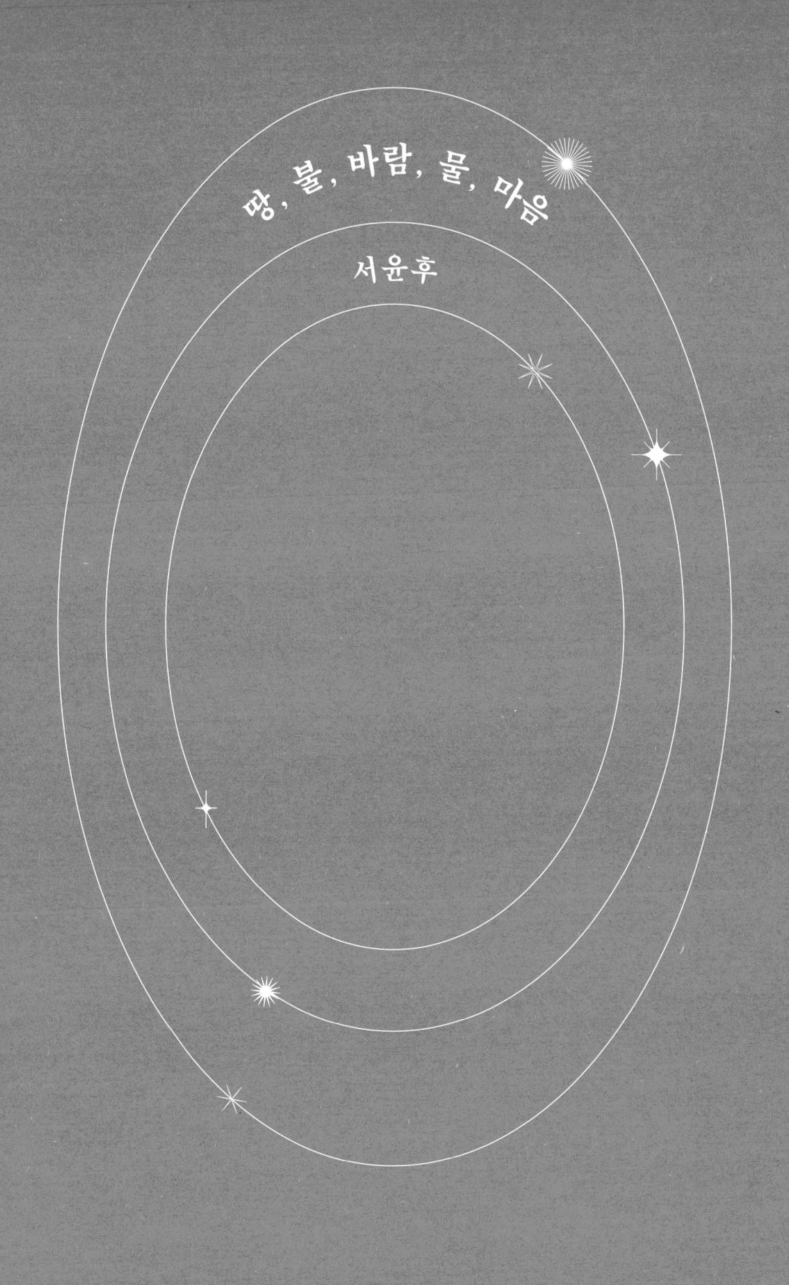
땅, 불, 바람, 물, 마음
서윤후

서윤후

시인. 2009년 『현대시』로 등단했다. 시집 『어느 누구의 모든 동생』, 『휴가저택』, 『소소소小小小』, 『무한한 밤 홀로 미러볼 켜네』 등과 산문집 『방과 후 지구』, 『햇빛 세입자』, 『그만두길 잘한 것들의 목록』 등을 썼다.
사이 좋게 지내던 친구는 많았지만 마음에 둘 속 깊은 단짝 친구는 없었다. 선생님이 보여 주었던 지혜를 아직도 빌려 쓰고 있다. 같은 것을 좋아하고 있다면 꼭 다시 만나게 될 거라 믿으며, 지나간 인연들을 내 이름의 각주처럼 여기고 있다.

나의 작은 용사들에게

어릴 적 즐겨 보던 만화 「출동! 지구 특공대」에선 각각 땅, 불, 바람, 물, 마음의 반지를 가진 다섯 용사들이 지구를 지키기 위해 싸운다. 반지 안에 담겨 있는 원초적인 힘으로 지구의 환경을 구해 낸다는 내용의 이 만화는 내가 기억하는 가장 오래된 만화 영화이기도 하다. 집에서 홀로 보내는 시간이 유독 길었던 유년 시절에 나는 지루함을 견디기 위해서 고군분투했었는데, 특히 여럿이 모였을 때 힘이 세지거나 더 큰 힘을 갖게 되는 인물들이 등장하는 만화 영화나 일본 용사 시리즈(전대물)를 즐겨 시청했다. 내가 혼자서 누군가를 기다리고 있다는 사실을 잊고 빠져들게 만드는 것들은 내 처지와는 다른 북적이는 장면이었다. 이처럼 내가 외롭지 않다고 생각하게 해 주는 존재들을 머리맡에 두거나, 문방구에서 비슷한 것을 사와 우정을 나누기도 했다.

학창 시절 친구들이 우리 집에 놀러 오면, 집에 돌려보내지 않으려고 시계를 몰래 되감아 놓았던 적도 있다. 해는 뉘엿뉘엿 지는데 아직 오후 4시밖에 되지 않았다고 시치미까지 떼면서 친구들을 붙잡고 싶었던 이유는 무엇이었을까. 순간을 영원으로 바꿔 놓고 싶었던 외롭고 가여운 시간이었기에 학창 시절은 내게 이빨 자국처럼 다가온다. 상처나 흉터처럼 오래가진 않지만 이따금 피부 위를 맴돌다 나를 종종 깨물고는 한다. 나는 그것이 희미해져 있다가 어느새 다시 울긋불긋 드러나는 것을 지켜보곤 한다. 시간이 한참 지났음에도 가끔 그때의 시간 속으로 뛰어들게 되는 것은 결코 구원을 바라기 때문만은 아니다. 힘없이 툭 풀리고 마는 비밀 일기장에 달린 조악한 자물쇠처럼, 그렇게 다시 펼쳐 보게 되는 이야기가 아직 거기에 남아 있기 때문이다.

첫 시집을 작업할 때에도 학창 시절은 가장 오랫동안 들여다보았던 시간이다. 그때의 존재가, 지금 부재하는 일이, 내면에 숨구멍을 갖게 해 준 것 아닐까 생각하면서 나는 그 시간 속으로 걸어 들어간다. 내 호흡이 열렸던 시간 속으로. 어쩌면 나는 이 글을 통해 고마웠던 존재를 소환하려고 하는데, 그건 그때의 내게 땅, 불, 바람, 물, 마음이 되어 주었던 것들일 테다. 이 글은 지금은 곁에 없지만, 여전히 내 안에 머물러 있는 작은 용사들에게 바치는 글이 될 것이다. 내 글도 누군가에게 그런 존재였으면 한다.

잘 지내고 싶은 마음

학창 시절 나는 끊임없이 친구를 갈망했다. 여기에도 저기에도 친구로 삼지 않은 것이 없었던 시절이었지만 나는 그저 두루뭉술한 친구보다는 단짝 친구를 원했다. 일찍 급식을 먹기 위해 함께 달려가고, 할 일 없이 학교 뒤 공터를 오가며 세상 흉흉한 비밀을 함께 엿듣는 사이. 슬리퍼 신은 채로 학교 앞 문구점에 갔다가 학년 주임 선생님을 발견하고는 앞서거니 뒤서거니 줄행랑치는 사이. 그러다 슬리퍼가 뜯어져 외발로 총총 교실까지 걸어와 아무 일도 없었다는 듯 다시 책상 앞에 앉고, 남들이 꺼내 놓은 교과서를 보고는 그제야 무슨 수업 시간인지 알아차리고 나서 서로를 바라보며 키득대는 사이.

돌이켜 보면 나는 친구라고 부를 수 있는 사람들이 주변에 많았다. 그것이 화근이었던 것인지도 모른다. 수많은 친구 속에서 알 수 없는 외로움을 느꼈다. '군중 속의 고독'이라는 말의 의미를 일찌감치 깨달았을 때, 나는 누군가의 단짝 친구가 되지 못하고 친구들 언저리에 머물다가 홀로 집에 돌아오는 일을 어색해하지 않게 되었다.

스물 몇 살 때였나, 나는 이런 시 구절을 썼다. "나는 창문의 취미가 된다." 학부모 참관 수업 때였을까. 나는 발표하려고 야단법석인 아이들 사이에서 입술을 꼭 다문 채로 창가 자리에서 창문만 보고 있었다. 그게 아마도 가장 즐거운 일이었을 테니까. 엄마는 그게 내심 속상했는지 학교에서 돌아온 나를 붙들고 반장 선거라도 나가 보는 게 어떠냐고 권유했다. 내성적으로 보였지만 꼭 그렇지만은 않았던 나는 덜컥 반장이 되었고, 초등학교 3학년 이후부터 성적순으로 반장을 맡는 고등학교 전까지 빠짐없이 학급 임원을 도맡았다. 그 덕분에 나의 부족한 면을 조금씩 고칠 수 있게 되었다. 학급 임원이라는 위치는 나의 약점을 방어할 수 있는 좋은 무기가 될 때가 있었다. 지금은 어딜 가나 키가 크다는 이야기를 들을 정도로 자랐지만, 그때만 해도 나는 전교생을 통틀어 가장 작은 아이였다. 변성기도 아주 늦게 오는 바람에, 아이들이 노래방에서 플라이 투 더 스카이나 휘성 노래로 폼을 잡을 때, 나는 여자 솔로 가수의 파워풀한 가창력을 흉내 내는 게 고작이었다.

교실에서 모든 아이들과 고루 잘 지내야 한다는 부담도 있었다. 내가 모범이 되어야 한다고 생각했었기 때문인데, 그렇다고 모두와 친구처럼 지내는 것이 싫은 건 아니었다. 어떤 때에는 끼리끼리 다니게 되는 상황 속에서 알게 모르게 혼자가 되곤 했다. 또 어떤 때에는 외로움을 어색해하는 일진 아이들의 하굣길 친구가 되어 주거나, 학교에 관한 정보를 캐내기 위해 친한 척하며 다가오는 전학생들의 말동무가 되어 주기도 했다. 하지만 그것이 우정이라고 착각하지는 않았다.

다혈질의 남자아이들이 거칠게 축구를 하고 수돗가에서 짐승처럼 물을 벌컥벌컥 마실 때, 나는 그 옆에서 다소곳이 대걸레를 빨거나 물통에 물을 받고 있었다. 학교에 발목 양말을 신고 와 모두의 놀림을 받기도 했었는데, 지금 생각해 보면 그때의 우리는 정말 미묘하게 엇갈렸다.

그땐 이런 것이 고민거리는 아니었다. 누가 봐도 나는 전혀 문제없이 잘 지내고 있었기 때문이었다. 단지 "친구들과 사이좋게 지내렴." 하는 어른들의 이야기는 듣기 싫었다. 사이좋게 지내는 것만으로는 만들어질 수 없는 우정이 있었으니까. 어쩌면 나는 우정에 대한 작은 환상이 있었는지 모른다. 머리맡에서 하염없이 나의 손길을 기다리는 공룡 피규어나 어딘가 못 쓰게 된 로봇처럼, 그럼에도 내 곁에 머물러 주길 바라는 대상을 찾았던 것인지도. 시계를 부러 되돌려 놓은 다음, 집에 가려면 아직 멀었다고 시치미 떼지 않아도 되는 그런 친구가 필요했던 것인지도.

혼자라는 감각을 처음 따갑게 느끼던 시절을 통과하면서, 나는 무언가를 적어 내려가는 일을 좋아하기 시작했다. 글쓰기는 나에게 생긴 얼룩을 지우고, 시간을 질주할 수 있는 유일한 방법이자 수단이었다.

와룡파

중학교 2학년이었던 2003년, 좋은 선생님을 갈망하던 와중에 '와룡파'를 만났다. 선생님의 존함을 빌려 우리는 스스로를 그렇게 불렀다. 나는 이 이야기를 복원하기 위해 당시 와룡파의 일원이었던 친구에게 연락을 했다. 지금은 독일에서 신혼 생활을 하고 있는 친구는 한 보따리의 이야기를 어렵지 않게 꺼냈다. 그의 이야기는 내 기억과 정확히 일치했다. 그 2003년이 우리에게 꽤 선명하게 남아 있구나 생각했다. 우리에게 그 시절의 이야기는 단지 추억이나 기억만은 아닌 듯하다. 기억력의 한계를 넘어서는 시간임에도 불구하고, 우리가 그때를 정확하게 떠올릴 수 있다는 것은 그때 얻은 것을 지금도 여전히 간직하고 있기 때문은 아닐까?

와룡파는 조금 유별났다. 반 아이들의 절반은 선생님을 싫어했고, 나머지는 열렬히 좋아했다. 이들을 다 헤아려야 하는 반장의 입장에서, 난처한 순간은 한두 번이 아니었다. 배차 시간이 뒤엉킨 버스 터미널의 매표소 직원이 된 듯, 이러지도 저러지도 못했다. 종례 시간이 자주 늦어져 하교까지 늦어지는 등 번거로운 일이 하나둘 늘어갈수록 아이들의 원성은 더욱 커져만 갔다.

국어 교사이자 와룡파의 수장이었던 담임 선생님에게서 새롭게 배운 단어 중 하나는 '모둠'이었다. 국어사전에 따르면 모둠은 '초·중등학교에서, 효율적인 학습을 위하여 학생들을 작은 규모로 묶는 모임'이라고 나오는데, 그 당시에는 이 단어가 흔치 않게 쓰였다. 가령, 우리는 이런 것을 했다. 토요일 오전 수업이 끝난 뒤에도 학교에 남아 모둠별로 책상을 붙이고 앉아 김밥을 말았다(자리를 바꿔 앉아 다른 친구의 책상에 앉으면, 어쩐지 남의 방에 와 있는 것 같은 생경한 기분이 들기도 했다). 요리에 전혀 관심이 없던 남자아이들은 건성으로 김밥을 말다가도, 먹을 때에는 먹성 좋게 입에 넣었다. 모둠은 친해질 기회가 없었던 아이들과 말을 섞어 보는 기회가 되기도 했다. 모두가 집에 돌아가 고요해진 토요일 오후, 교실에 남아서 서로 만든 김밥을 나눠 먹으면서 우리만의 단란한 시간을 보냈다.

환경 미화로 힘을 모아야 할 때가 오면, 선생님과 우리는 토요일 늦은 시간까지 남아 열심히 게시판을 꾸몄다. 선생님이 교무실에서 종종 시켜 먹었다던 짬뽕을 함께 시켜 먹으면서 두런두런 모여 있던 풍경은 아직까지도 남아 있다.

선생님은 오롯이 자신의 시간을 할애했다. 우리에게 더 이상 의무감을 가지지 않아도 좋을, 노동이 끝난 시간이었음에도 그는 우리의 모둠 활동을 이끌면서 이것저것 정말 많은 것을 했다.

나는 친구들과 교지 편집을 담당하게 되었다. 내가 생각해 낸 이름이 교지의 제목으로 채택되기도 했다. 그 교지 제목은 '귀천아이'(귀여운 천사들의 아름다운 이야기)였는데, 후에 월간지 만드는 일로 직장 생활을 시작하고, 지금도 기획과 편집을 직업으로 삼고 있다 보니 그때 무엇을 품고 여기까지 왔는지 조심스럽게 짐작하게 된다. 내가 어디에서 어떻게 떠나왔는지, 무엇을 쥐고 있었는지를 알려 주는 정확한 시작이 있다는 게 가끔은 큰 위로가 되기도 한다.

여름에는 1박 2일로 계곡 야영을 하면서, 공포 영화를 찍기도 했다. 학년이 거의 끝날 겨울 무렵에는, 영화 「실미도」를 밤 11시에 관람하고는 새벽 기차를 타고 여수에 가서 일출을 보는 여행을 떠나기도 했다. 몇몇 친구들끼리 떠나는 일이 아니라, 학급 전체가 움직이는 일이었는데 모둠 활동에 어느덧 익숙해진 우리는 일사불란하게 일정을 치르면서 그때만 해도 까마득하게 느껴지던 어둠을 함께 지새웠다. 당시 우리는 소외되는 아이 하나 없이 모두가 함께 움직였는데, 그것이 그 여행의 목적이었던 것 같다. 그것이 바로 선생님이 우리에게 보여 주고 싶었던 풍경이 아니었을까. 우리는 그 여행을 통해 여수 앞바다에는 백사장이 없다는 사실을 알게 되었다. 우리가 준비한 폭죽은 무용지물이 되었지만, 어둠 속에서 서로의 얼굴을 살피며

인원수를 확인하고 서로를 의지하며 계속 걸었다. 대낮 교실에서만 보던 친구들의 얼굴을 한밤중에 마주하는 그 생경한 풍경과, 어딘가에 남겨져 있을지 모르는 단체 사진을 찍고 대피소에 들어가 각자 싸 온 도시락을 열심히 먹었던 기억. 그때 나는 우리가 추억을 쌓고 있다고 생각했지만 지금 생각해 보면 단순히 추억을 쌓았던 게 아니라 그 시간 안에 맺혀 있는 무언가를 피부로 몸소 느끼면서 부딪쳤다는 생각이 든다. 내가 많은 친구들 사이에서 홀로 고독을 기르려고 할 때, 그럴 틈도 주지 않고 적어도 그 순간에는 함께한다는 기분을 선물했던 선생님의 뜻을 이제야 고개를 끄덕이며 이해할 수 있게 되었다.

선생님의 유별남을 원망했던 아이들도 졸업식 땐 부러 선생님을 찾아가 우리보다 한참 작은 선생님을 껴안아 주던 모습이 아른거린다. 어딘가에 사실적으로 촘촘히 기록된 적은 없지만 그때의 기억이 우리의 피부 위에 남겨져 무언가를 틔웠다는 사실을 조금 늦게 깨닫게 된다. 각자 그것을 어떻게 품으며 살아가는지 알 수는 없지만, 그때 선생님이 보여 준 것, 보여 주고 싶었던 것이 무엇인지는 조금 알 것도 같다.

중학교 2학년은 지금의 내가 되는 데 문을 열어 주었던 틈새의 시절이었다. 그 틈새 안에서 나는 외로움에 주눅 들지 않고 우리 모두가 공평하게 무대에 설 수 있던 풍경을 아름답게 기억한다. 선생님께 첫 시집을 부치고 잘 받았다는 인사를 나눈 뒤로는 연락을 드리지 못했다. 언제든 선생님께 찾아가 하고 싶은 이야기가 많다. 이 글이 책으로 담긴다면 또 한 번의 빌미가 생길 수 있는 것이겠지. 그때의 우리가 여기까지 아름답게 흘러왔음을, 이젠 내가 선생님께 알려 줘도 좋겠지. 보여 줄 수 있겠지. 그런 생각을 하면서.

연합고사 메이트

연합고사가 끝나고 집에 돌아오는 길은 무척 어둡고 추웠다. 본래 잘 아는 길인데도, 길을 잃어버릴 것만 같은 어떤 아득함이 있었다.

버스를 타고 빙빙 돌아 집 근처에 내려서는 동네에 있는 작은 레코드 숍에 갔다. 시험이 끝나면 꼭 사야겠다고 다짐했던 신보가 있었는데, 그것은 보아의 「메리 크리」 앨범이었다. 집에 돌아와 낡은 카세트 플레이어에 그 앨범을 틀어 놓고는, 어떤 적막을 기다리기도 했다. 시험 결과와 무관하게 어떤 시절이 끝났다는 것을 실감하기도 했는데, 안도와 동시에 어떤 불안이 찾아와 두려웠다. 끝이라는 무게를 어떻게 다룰지 몰랐기 때문이다. 식탁 위에는 가채점을 하려고 꺼내 둔 빨간 색연필과 연합고사 시험지, 달그락거리는 빈 도시락 통, 보아의 앨범 커버 그리고 친구가 두고 간 털장갑이 놓여 있었다. 어쩐지 그 풍경은 잊히지 않는다. 나를 결정하는 것과 내가 결정한 것들이 뒤섞여서 어떤 심판을 기다리고 있다는 기분이 들어서였기 때문일까.

요즘에도 보아의 「메리 크리」라는 노래를 들으면 그때의 풍경이 와르르 쏟아져 내리는 듯하다. 한적한 설원에 홀로 서 있는 기분. 아무도 없지만 이미 내린 눈에 반사되는 환한 어둠을 만지고, 내 발자국만 오롯이 나를 따라오는 풍경. 어쩌면 나는 친구를 기다리고 있는지도 모른다.

털장갑을 두고 간 그 친구를.

당시 내가 살던 곳은 연합고사를 치러야 원하는 고등학교에 진학할 수 있었다. 커트라인을 넘지 못하면 인문계 고등학교에 진학할 수 없었기 때문에 수능에 준하는 준비를 해야만 했다. 학업보다는 친구나 딴짓에 더 관심이 많았던 나는 자연스럽게 성적이 떨어졌고, 모의고사를 보고 나면 교무실에 불려 가곤 했다. 그때 가장 많이 들었던 말은 '턱걸이'였다.

턱걸이라는 말은 '안간힘'을 데려오는 기묘한 단어다. 그때의 나는 어딘가 매달려 있는 사람처럼 떨어지지 않으려고 애썼다. 떨어지면 인생 또한 끝나는 것만 같아서 오르지 않는 점수를 부둥켜안고 발버둥치고 있었다. 누구의 결정이었는지 기억나지 않지만, 나는 나보다 성적이 더 좋지 않은 반 친구와 함께 과외를 받기로 했다. 우리는 몇 번 말을 섞어 본 적 없는 친하지 않은 사이였는데, 서로 집이 가깝고 그 친구도 나와 마찬가지로 '턱걸이'하고 있는 사람 중 하나여서 연결되었던 것 같다. 과외를 시작한 건 해가 짧아진 초겨울이었다. 과외 수업이 끝나면 항상 어두컴

컴한 밤을 맞이했다. 친구네 집에서 수업을 하게 되면 친구는 나를 우리 집까지 데려다주었고, 우리 집에서 수업을 하면 내가 친구를 데려다주었다. 그 시간이 참 좋았다. 우리는 깊은 밤을 가로지르면서 조금씩 가까워졌다. 친구는 나와 다르게 친구 관계에 대해 전혀 고민하지 않았고, 음악을 까다롭게 골라 듣는 어른스러운 면이 있었지만, 한편으로는 엉뚱한 상상력으로 가득했다. 우리의 공통점이라면 보아를 좋아했다는 것. 나는 가끔 수업 전에 친구를 공터로 데려가 보아의 「마이 네임」 춤을 보여 주었고, 우리는 서로 깔깔거리며 웃었다. 그러다 수업에 늦어 숨을 헐떡이며 집으로 뛰어 들어가곤 했다.

그러나 학교에서 우리는 각자 친한 친구가 달랐다. 급식을 먹거나, 시내에 나가 옷을 사거나, 극장에 갈 때도 우리는 서로 다른 친구와 어울렸다. 나는 그 엇갈림이 못내 마음에 걸렸다. 그래서 시험이 끝나면 우리도 자연스럽게 다시 멀어질 것 같다고 예감했다. 그것은 참 기이한 예감이었다.

연합고사 날 엄마가 차려 놓고 간 밤식빵에 우유를 마

시면서, 쓸쓸하게 재생되는 보아의 노래를 배경 음악 삼으며 과외 수업을 기다렸다. 친구는 기대 이상으로 성적이 크게 올랐고, 나는 미진했다. 당시 우리는 같은 고등학교를 지망하지 않았다. 고등학교에 가서도 연락하면서 지내자고 말을 꺼내긴 했지만, 그런 약속은 잘 지켜지지 않는다는 것을 일찌감치 알았던 나는 친구에게 이렇게 말했다.

"우리가 좋아하는 것이 같다면, 또 만날 수 있을 거야."

"우리 이제 안 볼 거야?"

마치 절교 선언을 들은 것처럼 친구는 화들짝 놀라 반문했고, 나는 그 말에 퍽 당황해서 아니라고 손사래 쳤지만, 그때 내가 한 말은 스스로 상처받지 않기 위해 미리 꺼낸 말이기도 했다.

그렇게 시험이 끝나고 우리는 흐지부지 헤어지게 되었다. 먼 곳으로 학교에 다니면서도 마음 한쪽에는 그 친구를 두고 있었다. 집에는 친구가 언젠가 두고 간 털장갑이 있었다. 돌려주어야지 생각만 하다가 서랍에 넣어 둔지 오래였다. 서로 장갑 낀 손을 맞잡고 어색해하며 밤길을 걸었던 시간은 내게 언제나 따뜻한 온기를 품은 손난로 같았다. 책을 출간하고 서명할 때면 종종 '체온'이라는 말을 쓰곤 하는데, 이는 이때의 기억을 톺아 쓰는 단어이기도 하다. 친구는 누구보다 나의 이야기를 잘 들어 주었다. 우리는 서로 좋아하는 가수에 관해 이야기하면서 기쁨을 부풀릴 줄도 알았다. 누군가와 함께한다는 기쁨을 그 친구 덕택에 온전하게 느꼈다.

고등학교에 진학해 시를 쓰고 싶다고 생각하면서, 나는 한 대학교에서 주최하는 고교생 문예 캠프에 참가했다. 내 시를 보여 주고 누군가에게 한 줄이라도 평가를 듣고 싶었던 절박한 어느 여름날에, 나는 정적이 흐르는 버스를 타고 교외의 작은 강당으로 갔다. 전국 각지에서 문학의 꿈을 품고 온 아이들 사이에서 나는 혼자였다. 친구들끼리 참가해 떠들썩하던 예고 학생들과 다르게, 혼자 참석한 학생들이 제법 많았다. 그리고 저 멀리서 반가운 얼굴이 보였다.

그 친구였다. 나의 연합고사 메이트.

좋아하는 것이 같으면 다시 만날 거라고 말했지? 친구는 내 말을 기억하지 못했다. 나는 다시 만난 반가움을 애써 감추지 않고, 그동안의 근황을 털어놓았다. 그땐 다들 휴대 전화가 없었고 연락할 방도가 많지 않아서, 학교가 달라지면 자연스럽게 멀어지곤 했다. 그렇기 때문에 우연으로라도 재회한 것이 특별하게 느껴졌다.

우리는 서로 통하는 것이 많아 우연을 만드는 재주를 부렸다. 그것을 신기해하면서도 어쩌면 자연스러운 일이라고 생각했었는지 모른다. 함께 주어진 시간을 견디는 동안 서로에게 고마움을 전해 본 적은 없었지만 적어도 우리가 지나온 길이 자욱한 안개로 가득했었고 안개가 맑게 갠 날을 함께 꿈꾸었다는 것만은 잘 알고 있었다. 그 안개를 지나 맑아 오는 시간을 함께하면서 가끔 우리가 좋아했던 그 노래를 듣곤 했다. 내게 온기를 알려 준 것이나 다름없는 친구와는 각별한 사이가 되었다. 서로의 외로움이 덧나지 않게 지켜봐 주는 사이가 되었으니까. 돌려줘야 할 털장갑을 서랍 속에 두고는 잃어버렸는데, 머지않아 겨울이 오기 전에 이 이야기를 전해 주어야겠다.

다친 적 없이 상처가 생겨났지만

친구들 사이에서 미묘하게 엇갈리며 외로움이 덩치를 키워갈 때마다 나는 반가운 우연처럼 그때의 용사들을 만났다. 앞에 쏟아진 어둠을 무서워만 하지 않고, 함께 지나올 수 있는 어떤 용기를 나눠 준 사람들. 내게 그 용기를 보여 주었던 사람들은 여전히 내게 좋은 사람이고 은인이다. 이제는 그들을 영원으로 붙들려고 하지 않는다. 그땐 그때고 지금은 지금이라고 시간에 선을 그으면 할 말이 없어질 부질없는 이야기일 테지만, 그럼에도 내가 나로 재구성되는 데에는 그들이 보여 준 풍경이 큰 몫을 했다고 생각한다. 서로를 기대며 지나온 한때의 시간이 지금의 무언가를 열심히 길러 냈다는 사실만큼은 틀림없을 것이다. 물론 여전히, 연락하려 들면 머뭇거려지는 사람들이기도 하다. 그 망설임 속에서 우리가 보냈던 어떤 시절을 헤아리는 일은 때때로 손이 닿지 않는 가렵던 곳을 긁는 일처럼 개운하게 느껴지기도 한다.

이것은 다친 적 없이 상처만 무성히 덧나던 때의 이야

기다. 고마운 사람들에 대해 썼지만 그들에게 직접 이 마음을 전한 적은 없다. 이 이야기들이 극적이지도 않을뿐더러, 한 시절을 함께했던 우리의 그저 그런 이야기일 수 있기 때문이다. 하지만 나는 이 이야기를 통해 우리가 나눴던 그때의 시간이 앞으로 우리 앞에 도사리고 있을 어둠을 만났을 때 좋은 지혜가 될 수 있을 거라는 믿음을 확인했다.

나는 이유를 알 수 없는 상처들을 껴안으면서, 동시에 상처를 깨뜨리며 시를 써 왔다. 어떤 이들은 아무런 조건 없이 해석을 허락하는 아름다운 풍경을 보여 주기도 했다. 내가 내 상처를 깨뜨리며 무언가를 쓸 수 있었던 것도 이것 덕택이다. 눅눅하고 습한 지하실 같은 학창 시절 속에서 작은 창을 내어 바라보던 풍경의 아름다움에 대해 떠들고 싶다. 그것이 그곳에 유일하게 들어오는 빛이었기 때문이다. 그 덕분에 나는 내가 어떤 어둠에 걸려 넘어졌는지, 어디에서 다시 딛고 일어났는지 알 수 있었다. 그것을 아는 만큼 용기를 얻었다. 이것을 아는 데까지 이십 년이 걸린 셈이다.

땅, 불, 바람, 물, 마음 각자가 가진 고유한 용기와 온기로 나의 모자람을 밝혀 주었던 용사들. 그렇다면 내가 가진 고유한 것은 무엇이었을까. 한 인간의 고유함은 때때론 자신은 영영 알지 못하는 것이며 동시에 누군가와 한 풍경을 이룰 때 드러나는 것 아닐까. 그때의 풍경들을 지나오지 않았더라면 나는 나의 상처가 어디에서 생겨났는지 알 수 없었을 것이다. 지나온 시간을 돌아보는 것에도 용기가 필요하다. 턱걸이에 쓰이는 힘이나, 친구를 찾아 헤매던 안간힘이 아니라 불현듯 내 세상이 되어 준 누군가의 세상에 대한 경이로운 마음에서 오는 힘. 오늘 나는 이 힘을 쥐고, 내 앞에 쏟아지려 하던 어둠을 지그시 눌러 주었다.

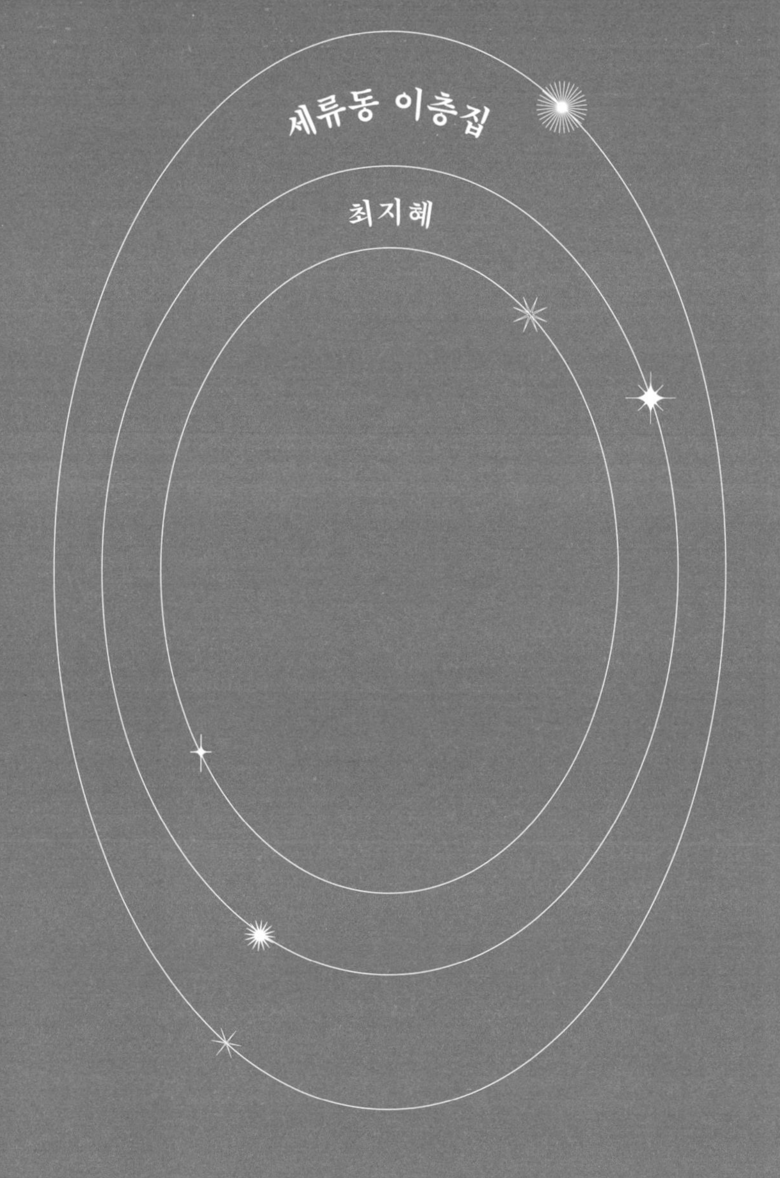

세류동 이층집

최지혜

최지혜

국어 교사. 학생들과의 시 수업 이야기를 담은 책 『좋아하는 것은 나누고 싶은 법』을 썼다. 이외에 『우리들의 랜선 독서 수업』(공저)과 『너와 나의 야자시간』(공저)에 참여했다. 좋아하던 친구에게는 보여 주고 싶지 않았던 이층집이 지금은 아름다웠다고 생각한다.

퇴근 후에 본가에 들렀다. 현관에서 소리를 크게 냈는데도 인기척이 없어 안방으로 들어가니 옷가지들이 수북하게 쌓여 있었다. 엄마는 가끔 잊었던 일이 생각났다는 듯 대대적인 정리를 하곤 했다. 어떤 날은 부엌이었고, 또 어떤 날은 베란다였다. 물건들을 전부 꺼내 분류하고 버리고 닦고 다시 넣었다. 그날은 옷장이었다. 엄마는 커다란 비닐에 담긴 옷들을 가리키며 그것들을 의류 수거함에 넣을 거라고 했다. 나는 그 비닐 속의 옷들을 다시 헤쳐 다섯째 이모가 20대에 입던 하이 웨이스트 가죽 스커트와 넷째 이모의 리넨 재킷을 따로 빼 두었다. 삼십 년 가까이 지났지만 지금 입어도 손색이 없는 옷이었다. 가죽 스커트는 폭이 좁아 아랫배가 꼭 끼었고 리넨 재킷에는 단추 하나가 없었지만 나는 그것들을 언젠가 입겠다고 마음먹었다. 엄마가 순식간에 남은 옷들을 계절별로 개켜서 다시 장롱에 넣기 시작했을 때, 장롱 안쪽에 잠자고 있던 검고 커다란 가방이 내 눈에 들어왔다. 주머니가 여러 개 달려 있고 어깨끈이 낡은, 그건 아빠의 캠코더 가방이었다.

캠코더가 처음 생긴 날이 기억난다. 아빠는 그 무렵 잠시 귀국해 있던 미국 고모를 만나고 오겠다고 했다. 미국에서 세탁소를 차린 고모는 한국에 들어올 때면 늘 신기하고 맛있는 것들을 선물해 주었다. 끈적한 캐러멜이 들어간 초콜릿쿠키라든지 설탕이 촘촘하게 박혀 있는 젤리 같은 것들. 커다란 나라에서 만든 거라 그런지 과자도 사탕도 젤리도 전부 커다란 봉지에 꽉 차게 들어 있었다. 그날도 나와 동생들은 아빠의 귀가를 기다리고 있다가 초인종이 울리자마자 티브이 앞에서 벌떡 일어나 현관 앞으로 뛰어갔다. 그런데 아빠 품에 안겨 있는 건 과자도 젤리도 아니었다. 아빠는 더 멋진 것을 가져왔다며 웃었다. 그러고는 품 안에 든 물건을 보여 주었다. 물 건너온 그날의 '미제'는 바로 캠코더였다. 방송국에만 있을 것 같은 물건이 우리 집에 생기다니. 그날 이후로 부모님은 커다란 캠코더를 열심히 들고 다녔다. 유치원 장기 자랑이나 피아노 콩쿠르 같은 연례행사, 친척 모임 같은 사건들이 부지런히 기록되었다. 부모님은 큰딸인 내게도 몇 번 찍어 볼 기회를 주었다. REC 버튼을 눌러 빨간 불이 들어오면 나는 침을 삼키고 집중했다. 한쪽 눈으로 들여다보는 사람들의 모습은 평소와 조금 다른 느낌을 주었고, 나의 시간과 렌즈 안의 시간이 따로 흐르는 듯했다. 나는 그 생경함이 좋았다.

오랜만에 캠코더를 다시 작동시켜 보고 싶었다. 이모들의 옷처럼 오랜 시간이 흐른 물건이지만 전원을 연결하면 불이 들어올지도 몰랐다. 엄마가 옷 정리를 마무리할 즈음 나는 가방을 열어 캠코더를 꺼냈다. 지퍼를 둘러쌌던 천이 해지고 녹아, 여는 데 시간이 좀 필요했다. 콘센트에 연결해 보기도 하고, 충전한 배터리를 넣어 보기도 했는데 기계는 먹통이었다. 그동안의 기록들은 다 어디로 갔을까.

엄마가 캠코더를 들고 있던 소풍날이나 내가 캠코더를 들었던 할아버지 생신 때처럼 선명한 순간들이 전부 어디로 갔는지 알 수 없었다. 캠코더가 불통인 걸 확인했으면서도 그걸 버릴 수는 없는 마음이 들어 다시 제자리에 넣어 두기로 했을 때, 불룩한 앞주머니에서 무언가 만져졌다. 여러 가닥의 연결선과 두 개의 8mm 비디오테이프였다.

캠코더는 쓸 수 없는 상태가 되었지만 비디오테이프는 살아 있을지도 몰랐다. 나는 테이프를 이리저리 만져 보다가 이걸 어떻게 하면 볼 수 있을까 궁금해졌다. 휴대폰으로 포털 사이트 창을 띄워 '비디오테이프'까지 입력하자 'USB 변환'이라는 글자가 자동 완성되었다. 기록 변환 업체는 많았다. 업체들의 이름 옆에는 '전문, 당일 발송, 고해상도'라는 문구가 나란히 떴다. 그중 한 곳에 들어갔다. 사이트 한편에 적힌 '추억을 재생하세요'라는 문구가 인상적이었다. 업체에서는 비디오테이프 속 영상을 파일로 변환한 다음 빈 USB에 담아 보내 주는 일을 했다. 설명을 읽자마자 나는 쓰지 않는 USB를 찾아내 비디오테이프와 함께

동봉했다. 두근거렸다.

사나흘쯤 지나니 변환된 영상이 되돌아왔다. 가족들에게는 '오늘 저녁에 추억의 비디오 상영회가 있을 거다. 모이자.' 하고 메시지를 보낼까 하다가 그만두었다. 나는 늘 설레발을 치다가 감동을 반으로 줄이기 일쑤였으므로 이번에는 참아 보기로 했다. 아무것도 없는 빈 테이프였을지도 모르는 일이었다. 일단은 혼자 보기로 하자. 나는 노트북에 USB를 꽂고 영상을 클릭했다. 대기 화면이 흐르더니 환한 빛이 화면을 채웠다. 점차 선명해지는 화면 속 풍경은 놀이공원도 연회장도 아닌 그저 집이었다. 내가 중학생이 되던 해부터 20살이 되던 해까지 살았던 세류동 이층집의 여름 한낮이었다.

세류동 이층집은 대로변에 있는 양옥집으로 외할머니와 외할아버지가 여섯 명의 딸들과 함께 살던 곳이다. 우리 가족이 그 집에서 살게 되었을 때는 외할머니가 돌아가신 후였고 이모들이 하나둘 가정을 꾸리면서 집을 떠난 지 오래였다. 외할아버지는 집을 먼 친척에게 세주고 있었는데, 마침 그 집에 살던 이들이 이사하게 되었을 즈음 우리 가족에게는 거처가 필요했다. IMF가 휩쓸고 간 직후, 우리 집에서는 웃음보다 한숨이 더 많이 들렸다. 가계의 대부분이 주식에 매여 있었는데 주가는 계속 떨어지기만 했고 엄마 아빠는 자주 싸웠다. 부모가 싸우면 나도 고달팠다. 동생들을 방으로 들여보낸 다음 나는 거실에 남았다. 무릎을 꿇고 손바닥을 비비며 그만 하세요, 그만 하세요 하고 울며 빌었다. 매일 똑같은 싸움을 지칠 때까지 반복하다가 부모님은 결국 아파트를 정리하기로 했다.

옮겨 간 세류동 이층집의 모습은 무척 낯설었다. 아주 어릴 적에 와 본 적이 있긴 했지만, 이제 매일 이곳에서 먹고 잘 생각을 하니 모든 것이 새로웠다. 큰길 방향으로 나 있는 문에는 세 짝의 양철판이 덧대어 있었다. 가겟집으로 쓰이던 곳을 살림집으로 바꾸면서 막은 거였다. 1층에는 마루와 부엌 그리고 안방과 건넌방이, 마당에는 나무 두 그루와 수돗가가, 궤짝 같은 문을 들어 올리면 내려갈 수 있는 지하 창고가 있었다. 집안 여기저기 페인트가 벗겨지고 나무는 흠집이 나거나 뒤틀려 있었다. 철제로 된 부분을 손가락으로 살짝 문질렀더니 녹슨 부분이 먼지처럼 날렸다. 마당 우측에 있는 계단을 뛰어 올라가 탁 트인 이층 난간에 서서 동네를 내려다보았다. 유난히 점집이 많았다. 대나무 장대에 매달린 깃발이 여기저기서 흔들렸고, 고개를 들면 검은 전선들이 복잡하게 뒤엉켜 하늘에 빗금을 긋고 있었다. 그 동네로부터, 집으로부터 나는 늘 도망가고 싶었다. 누구에게도 우리 집이 저기라고 말하고 싶지 않았다.

고등학생이 되니 등교 시간이 한 시간 반이나 앞당겨졌다. 나는 아침잠이 많아 등교 준비로 늘 분주했지만 이제는 정말로 서두르지 않으면 안 되었다. 인근 학교에 다니는 아이들을 대상으로 운영하는 사설 봉고차를 타려면 시간에 맞춰 나가야 했다. 기사 아저씨는 학생들의 집을 돌며 순서대로 노란 봉고차를 세웠다. 집마다 정차 시간이 정해져 있으니 정확하게 시간을 맞추지 않으면 봉고에 이미 탄 사람도, 다음 순서인 사람도 모두 기다려야 했다. 내가 유독 더 바빴던 이유는 집 앞이 아닌 근처 초등학교 앞에서 차를 타기로 했기 때문이다. 나는 우리 집을 다른 이들에게 보이고 싶지 않았다.

나는 매일 아침 겨우 눈을 비비고 일어나 교복을 걸치고 아침은 먹는 둥 마는 둥 하고는 초등학교 앞으로 달려갔다. 봉고차 문을 열면 나처럼 잠이 덜 깬 아이들이 안쪽부터 촘촘하게 자릴 채우고 있었다. 내 머리카락은 늘 덜 마른 채였다. 잠결에 학교에 도착하면 0교시부터 시작하는 꽉 짜인 시간표가 기다리고 있었다. 밤 10시에 끝나는 자습까지 마치고 집에 돌아오면 한밤중이었다. 별 보면서 학교에 가서 별 보면서 집에 온다는 누군가의 말 그대로였다. 담임은 집에서 가족과 보내는 시간보다 학교에서 자기를 보는 시간이 더 많을 거라고 했는데 그건 정말 싫었다. 그 대신 친구들과 보내는 시간이 많은 건 좋았다.

매점에서 아침 우유 배식 봉사 활동을 하는 선배들이 멋지다는 소문이 들렸다. 0교시 교육 방송을 듣는 동안에는 몽롱하던 정신이 종소리와 함께 깨어났다. 우유 한 박스를 나르기 위해(매점에 가서 선배들을 보기 위해) 친구들이 우르르 자리에서 일어났다. 한 사람이 들어도 충분한 걸 여럿이서 호들갑을 떨며 이고 졌다. 교실로 돌아오는 계단에는 온 사방에 웃음이 흩어졌다. 점심시간에는 조르르 창가에 매달려 커튼으로 얼굴을 가렸다 말았다 하면서 농구 코트를 구경했다. 웃음은 창가에도 남았다. 나중에 안 사실은 농구 코트와 2층 우리 교실 간 거리가 무척 가깝다는 거였다. 창가에 누군가 서 있으면 단번에 누군지 알아볼 수 있을 정도였다. 부끄러움에도 아랑곳하지 않을 만큼 그 즈음의 나는 풍선처럼 부풀어 있었다. 누구든 좋아할 준비가 되어 있었다.

그러던 어느 날 밤 모르는 번호로부터 온 문자 메시지를 받았다. 봉고차에서 내려 집으로 걸어오는 길에 그것을 확인했다. 가로등 불빛이 휴대폰의 초록 창에 반사되었다. 문자를 보낸 사람은 친구의 동창인 우리 학교 학생이었다. '나는 그쪽에게 관심이 있습니다.'라는 말로 끝나는 장문의 메시지를 여러 번 반복해서 읽었다. 존댓말이 어색하게 느껴지기도 했지만 어쩐지 싫지 않았다. 그 아이는 우유 배식을 하지도, 농구 코트에 있지도 않았지만 상관 없었다.

집에 돌아가면 건넌방에 이불이 깔려 있었다. 잠자리에 누워서도 계속 메시지를 주고받으니, 새어 나오는 휴대폰 불빛이 신경 쓰이는지 초등학생이던 동생은 자꾸 몸을 뒤척였다. 나는 이불 속으로 푹 몸을 숨겼다. 그 속에서 메시지를 주고받다가 눈이 감기면 그대로 잠이 들었다. 그런 밤이 여러 번 지나고 그 아이와는 사귀는 사이가 되었다.

극장에서 만나기로 한 날이었다. 옷장을 열고 한참 고민하던 끝에 아끼던 진청 재킷에 나풀거리는 하늘색 스카프를 길게 매고 나갔다. 드라마 속 주인공들이 여러 색의 스카프를 겹쳐 맨 모습은 멋져 보였는데, 내 옷차림은 영 어색했다. 그 애는 극장 앞에 먼저 와 있었다. 검정 항공 점퍼와 짙은 색의 바지 차림이었다. 단출한 차림이지만 세련된 느낌이었다. 늘 보던 교복 차림과는 다른 이미지라 낯설기도 했다. 만나서 길게 대화한 적이 없었기 때문에 막상 어떤 이야기를 나눠야 할지 막막했다. 그 애의 웃는 얼굴이 궁금했지만 대놓고 얼굴을 바라보진 못했다. 서로 굳은 표정으로 서먹해하며 짧은 대화를 이어 갔다. 메시지로 나누었던 대화와는 영 딴판이었다. 영화 시간이 되어 상영관으로 향하는 짧은 복도에서 그 애와 나는 어깨가 조금 닿았고, 손에 쥔 콜라는 찰랑거렸다.

영화는 시각 장애를 가진 음악가의 삶을 다룬 두 시간 사십 분짜리로 주인공의 어머니와 아내의 희생이 강조되는 서사였다. 그녀들이 외로워서 더 처절하게 강해졌을지도 모른다고 생각하니 쓸쓸해졌다. 영화를 보고 더욱 멍해진 우리는 가까운 돈가스집에서 각자 다른 정식을 먹고 헤어지기로 했다. 이제 무얼 더 해야 하는지 몰랐다. 그 애는 불쑥 나를 집 앞까지 데려다주겠다고 했다. 괜찮다고 하는데도 숙제를 치르는 것처럼 몇 번이고 말하는 바람에 그러자고 했다. 극장에서 집까지는 세 정거장쯤 되는 거리였다. 집까지 걷는 길에는 바람이 많이 불었다. “내 뒤에 있어. 내가 막아 줄게.” 그 애가 말했다. 그러고는 나를 자신의 뒤에 세웠다. 처음 듣고는 멈칫, 꽤 멋진 말이라고 생각했지만 내가 뒤에 선다고 해서 바람이 피해 가는 건 아니었다. 애꿎은 스카프만 자꾸 펄럭거렸다. 더 두꺼운 옷을 입고 나왔어야 했다. 내가 뒤에 서고 보니 결국 일렬로 서서 아무 말 없이 걷는 모양새가 되었다. 그대로 한참을 조용히 걸으면서 생각했다. 좀 전에 그가 한 말, "내가 막아 줄게."는 너무 오버 아닌가.

"저기 하이퍼마켓까지만 데려다주면 돼. 저기서 가까워." 동네 초입에 다다랐을 때 내가 말했다. "아니야, 집 앞까지 데려다줄게." 그 애는 조금 더 가자고 했지만 내키지 않았다. 그리 늦은 시간도 아니어서 "아빠가 엄해서 집 가까이 갔다가 걸리면 우리 둘 다 호되게 혼날 거야. 그럼 앞으로도 곤란해지고."라고 대충 둘러댄 다음 그 애를 돌려보냈다. 그 이후로도 사귀는 사람이 생길 때마다 귀갓길은 늘 거기까지였다. "하이퍼마켓까지만." 그렇게 말했다. 거기까지만 알려 주고 싶은 마음이었다. 내가 왜 집을 숨기려 들까. 부끄러운 마음도 있었지만 여기까지만, 그런 마음이었다. 그 애와는 얼마 안 있어 헤어졌다. 헤어진다는 느낌도 없었다. 어느 날부턴가 연락이 뜸해지다가 나중에는 메시지를 보내도 답이 오지 않았다. 처음에는 화가 났다가 나도 금세 시들해졌다.

하이퍼마켓부터 집까지는 여러 골목을 지나야 했다. 나는 음악을 들으면서 일부러 더 많은 골목을 어슬렁거렸다. 기름집, 이발소, 건강원, 문구점, 꽃집, 책 대여점을 지나면서 박정현과 자우림, 에픽하이와 다이나믹 듀오를 들었다. 음악을 들으며 걸으면 어떤 때에는 서글퍼지고, 또 어떤 때에는 씩씩해졌다. 걷고 있으면 모든 것이 흐른다는, 지나가고 있다는 느낌이 들어 가지가지 피어나던 생각이 차분히 가라앉았다. 걷는 시간은 혼자만의 시간이었다. 걸으면서 고민하고, 털어 내고, 불러내고, 잊었다. 혼자라는 감각 속에 충분히 머물고 싶다가도 저녁이면 어김없이 식구들이 북적이는 집으로 돌아왔다. 집에 다다르면 양철판 벽을 넘어 생선을 굽고, 찌개를 끓이는 냄새가 풍겼다. 삐걱거리는 문을 열고 들어가면 현관 조명이 마당을 노랗게 감싸고 있었다. 밤에는 2층에 자주 올라갔다. 친구와 통화를 하거나 지나가는 사람들의 모습과 자동차의 불빛을 구경하다가 그날 있었던 일들을 생각했다. 다시 방으로 들어가면 동생은 잠들어 있었다. 행여나 동생 다리를 밟지 않도록 조심하면서 내 자리로 돌아가 한 이불을 덮고 잠이 들었다.

비디오 영상을 재생하니 마루의 풍경이 나왔다. 아빠의 디스플러스 담배, 열쇠, 상비약 같은 것이 늘어져 있는 피아노와 오래된 트로피들이 자리를 차지한 장식장, 나무 서랍장과 그 위에 개켜진 이불들이 있었던 그대로 담겨 있었다. 한쪽에서는 선풍기가 돌아가고 있었다. 화면 안에서 동생이 노래를 부르고 있었다. 민소매 옷을 입고 신나게 노래를 부른 후 영상을 찍고 있는 엄마에게 안기는 영상이었다. 나도 모르는 사이 눈물이 고였다. 마냥 부끄러워하던 낡은 집이 따뜻함으로 가득 차 보였다.

이제 그 이층집은 사라졌다. 우리 집이었던 집도, 옆집이던 점집 모두 철거되었다. 지금 그곳에는 도시에서 최고의 청약 경쟁률을 기록하며 사람들이 몰렸다는 대단지 아파트 공사가 한창이다. 오랜 시간 걸었던 골목만이 여전히 그 자리에 있을 뿐이다. 집은 허물어졌고 나는 그곳에서 나왔지만, 때때로 마음이 그곳에 머문다. 가려던 길이 아닌데도 괜히 그 동네를 한 바퀴 둘러보고 가기도 한다. 어릴 적의 나는 늘 옷자락 어딘가에 부끄러움을 묻히고 다니는 기분이었는데, 실제로는 그게 다는 아니었던 것이다. 흙장난을 하며 놀 수 있었던 마당이 있던 집, 가느다란 가지가 흔들리는 나무가 있던 집, 각자의 상처를 끌어안고 더불어 살던 집. 이제는 기억 속의 집.

이제 환갑이 넘은 엄마와 이모들이 공유하는 가족 온라인 밴드의 제목은 '세류동 이층집'이다. 자매들은 모여서 밥을 먹고 난 뒤에 밴드에 사진을 올리기도 하고, 먹거리를 '공구'(공동 구매)하기도 한다. 얼마 전에는 밤호박을 한 박스씩 사더니 우리 집에도 보내 주었다. 밴드 이름은 누가 지었을까. 누가 지었든 다 같이 흡족해했을 모습이 눈에 선하다. 미국에서 이민 생활을 하던 넷째 이모가 몇 해

전 암으로 세상을 떠나면서 여섯이었던 세류동 이층집 자매들은 이제 다섯이 되었다. 이모는 한국에서 항암 치료를 받았는데 병세가 악화되던 어느 날 여행 가방에 있던 옷과 액세서리를 풀어 언니들과 동생들에게 나누어 주었다. 그리고 이제 매해 이모의 기일에는 다섯이 모여 저녁 식사를 한다. 그때 나누었던 신발과 가방, 모자, 스카프 같은 것들을 하나씩 들고 오는 것이 약속이다.

이모들은 자신들이 유년 시절을 보낸 그 집을 늘 그리워한다. 그중 유일하게 엄마는 그 집에서 두 번 살아야 했던 사람. 모두 떠난 집에 혼자 되돌아가야 했으니 어떤 마음이었을까. 겹겹의 애증 같은 것이 얽혀 있지 않은지 그게 가끔 궁금했다. 복원한 비디오테이프를 다시 본 날 엄마에게 물었다. "엄마, 우리 다시 세류동에 가서 살게 된 거 싫지 않았어?" 엄마의 말이 되돌아온다. "아니. 나는 그 집이 좋아서 다시 살고 싶었어. 할아버지 할머니랑도 살고, 이모들이랑도 살고. 우리 가족도 그때는 다 같이 살았잖아."

온전한 사랑, 온전한 마음

정재율

정재율

시인. 1994년 광주에서 태어났다. 2019년 『현대문학』 신인 추천을 통해 작품 활동을 시작했다. 시집 『몸과 마음을 산뜻하게』 등을 썼다. 마음속에 사랑방을 두고 좋아하는 이들을 맞아들인다.

올봄 친구에게 작은 화분 하나를 선물 받았다. 물을 많이 주지 않아도, 햇빛을 많이 받지 않아도 키울 수 있는 식물이었다. 공기 정화까지 해 준다는 이 식물의 꽃말이 무척 궁금했는데 찾아보니 '관용'이었다. 여름에 꽃대가 올라오면 제법 오래가는 꽃이 핀다고 했다. 나는 그 꽃이 보고 싶었다. 만약 꽃이 핀다면 그 힘으로 조금은 더 버텨 볼 수 있지 않을까, 나는 화분에 물을 주면서 식물이 그때까지만 잘 버텨 주면 좋겠다고 생각했다. 그건 나한테도 해당되는 말이었다. 끊임없이 지속되는 단절감 속에서 시들어 가는 나의 마음에게 나 자신이 해 줄 수 있는 유일한 말이기도 했다.

"자기 자신을 받아들이는 연습을 해 보세요." 작년에 상담을 받았을 때 선생님이 처음 해 주신 말이었다. 아무리 생각해도 그게 어려워서 간 것 같은데……. 도대체 어떻게 할 수 있는 거냐고 물어 보았다. 선생님은 내게 생각하지도 말고, 이유를 만들지도 말고, 그냥 벌어질 일이 일어난 것뿐이라고 자연스럽게 받아들이면 된다고 말해 주셨다.

그렇게 생각하면 팬데믹도 마찬가지였다. 언젠가는 벌어질 일이 지금 내가 살고 있는 세계에 일어났을 뿐. 이유야 수천 가지를 댈 수 있겠지만 말해 봐야 무슨 소용이 있겠는가 싶은 것이다. 그럼에도 불구하고 보고 싶은 사람을 보지 못한다는 것, 타인과의 교류가 차단되는 것은 정말로 괴로운 일이었다.

내게는 '사랑방'이라고 부르는 마음의 방이 있다. 다정함과 배려에도 여러 종류가 있겠지만, 서로 할 말을 하는 도중에도 차가 와서 위험하니 이쪽으로 와서 이야기하라는 그런 다정함, 누군가의 배려를 쉽게 생각하지 않고 도리어 돌려주려는 그런 다정함을 나는 아주 좋아한다. 사랑방은 이처럼 나를 향한 타인의 마음이 느껴질 때 열리는 방으로, 열리기는 쉽지 않지만 한번 들여오면 내보내기 도 쉽지 않다는 것이 이곳의 가장 큰 특징이다(물론 이것이 나의 최대 장점이자 단점이지만). 사주를 볼 때도, 심리 상담을 받을 때도 나는 한번 인간관계를 맺으면 그 관계를 어떻게든 유지하려 한다는 이야길 들었다. 문제는 좋지 못한 관계도 잘 끊어 내지 못한다는 것이다. 안 하는 것과 못하는 것은 엄연히 다르다. 안 하는 것은 선택의 문제지만 못하는 것은 그저 능력의 문제일 뿐이다. 몇 년 전까지만 해도 나의 이런 면은 줄곧 나 자신을 괴롭혀 왔다. 그런데 나의 사랑방에 들어온 한 친구가 "그냥 그렇게 태어난 걸 어떻게 해?"라고 말하는 걸 듣고 보니 그 말에도 일리가 있었다. 내가 할 수 있는 건 상담 선생님과 친구가 말한 것처럼 있는 그대로의 나를 받아들이는 것. 그것뿐이었다.

사랑방은 팬데믹 때문에 임시 휴업 중이다. 사실 파업 중이라는 말이 더 맞을지도 모르겠다. 타인과의 단절로 사랑방은 무척 고요하다. 사람들이 사랑방에 들어오면 그들이 이곳에서 먹고, 자고, 쉬고, 놀며 최대한 재밌게 지낼 수 있도록 하는 것이 나의 목표가 된다. 사랑방은 그 사람의 말과 행동, 취향으로 차곡차곡 채워진다. 그 사람이 차지한 사랑방을 더 오래 지키기 위해서 내 나름대로 노력하지만 이런 마음과는 다르게 스스로 문을 열고 나가는 경우도, 내가 문을 열어 내보내는 경우도 더러 있었다.

사랑방에 누군가를 들이겠다는 건 어느 정도 상처를 감수하겠다는 말이기도 하다. 그를 존중하고 사랑하되 그가 주는 상처까지도 온전하게 받겠다는 것이다. 사랑방의 문을 연다는 건 이처럼 엄청난 용기가 필요한 일이다.

누군가 떠난 후 사랑방이 무너지려고 할 때마다 나는 항상 이 방의 처음을 떠올린다. 처음을 생각한다는 건 정말로 끝이 왔다는 걸 의미하기도 하니까. 그런데 최근 들어서는 처음이라는 단어 자체가 까마득하게 느껴진다. 요즘 나의 질문은 '우리가 어떻게 처음 만났더라?'보다 앞으로 '우리가 얼마나 함께할 수 있을까?'로 바뀌었다. 어쩌면 팬데믹 이후로 사랑방의 신조 또한 바뀐 것이 아닐까 하는 생각이 든다. 그 안에 아무것도 없다고 할지라도 방의 주인인 나는 어떻게든 이곳을 지켜야 했다.

돌아갈 수 없다는 것을 알면서도 요즘 들어 과거가 그립다. 팬데믹 이전은 물론, 더 오래전에 사랑방에 할머니가 계셨던 순간들로 돌아가고 싶다. 휴업과 파업이 동시에 이루어지고 있는 사랑방에서 가장 오래 머문 사람이 있다면 그건 바로 할머니라고 할 수 있다. 처음 사랑방에 들인 사람이 할머니이기 때문이다. 한평생 예민함과 스트레스를 달고 살았던 할머니는 나에게 단순하면서도 또 멋지게 살아야 한다고 말해 주었다. 그러나 나는 할머니의 예민함과 스트레스를 그대로 물려받았고, 단순함과 멋짐은 늘 어려운 숙제처럼 사랑방 주위를 맴돌았다.

할머니와 함께하던 순간들을 떠올려 보면 사랑받았던 기억만 생각난다. 십구 년 동안 할머니가 내게 준 사랑이 온전했기 때문일까? 어떻게 내내 지치지 않고 사랑을 주실 수 있었을까? 이런 생각이 들지만 나도 누군가에겐 그랬으니까. 그 마음 또한 할머니에게 그대로 물려받았을 뿐이다.

어렸을 때 육상을 한 적이 있었다. 달리려고 출발선에

서 있는 그 짧은 사이에 늘 '잠수 시간'이 찾아왔었다. 잠수 시간이란 내가 붙인 이름으로, 물속에 가라앉은 것처럼 먹먹하게 꽉 찬 느낌이 들었다가 이내 다시 수면 위로 올라온 것처럼 평상시로 돌아오는 때다. 다시 말해, 주변의 소리로부터 아주 잠시 멀어지는 시간이다. 그 시간에서 벗어나는 순간은 출발을 알리는 총성이 울리는 때도 아니고, 사람들의 환호와 박수 소리가 들릴 때도 아니었다. 귀가 먹먹한 채로 달려 목표 지점에 도착한 내가 '이제 끝났다'라고 생각하는 순간이었다. 단거리를 잘 달리려면 출발이 중요했다. 그러니 출발을 준비하는 동안 귀가 먹먹해진다는 것은 어찌 보면 큰 결함이었다. 다행히도 나는 출발 신호가 나면 어떻게든 달려나갔다. 몸을 저 끝으로 도달시키고 싶어서, 마음을 내려놓고 싶어서 소리로부터 멀어지면서 짧은 시간 동안 코스를 달리는 것이었다. 그때 나는 그것이 나만의 특별한 능력인 줄 알았다. 훗날 그것이 극도로 긴장하면 생기는 돌발성 난청에 의한 이명이라는 것을 알았지만…….

할머니를 떠나보낸 순간에도 잠수 시간이 찾아왔었다. 그날은 대학 수시 합격 발표가 나기 전날이었다. 큰삼촌의 전화를 받고 옷장에서 흰색과 검은색 옷을 찾아 입고 있는데, 귀가 바로 먹먹해지기 시작했다. 그러나 앞서 겪었던 잠수 시간과는 해야 할 일이 달랐다. 내가 도착해야 할 곳은 트랙의 종점이 아니라 할머니의 죽음을 지켜야 하는 곳이었다. 도착한 후에도 '끝났다'고 말할 수 없는 곳이었다.

병원에 가는 동안 나는 할머니와의 첫 기억을 떠올렸다. 그 기억은 어느 벽돌집 마당에서부터 시작한다. 마당에는 아주 큰 나무가 있었는데 가지 사이사이마다 오색 천들이 걸려 있었다. 오빠와 나는 그 집으로 올라가는 계단에 앉아 요구르트를 마시면서 할머니가 나오길 기다렸다. 할머니는 그 집에 들어갔다가 몇 분도 되지 않아 나오셨다. 집주인으로 보이는 사람이 할머니를 쫓아내고 있었다. 그런데 할머니는 도리어 그에게 큰소리를 치며 화를 내셨다. 할머니는 한마디도 지지 않으셨다. 할머니는 칼 주름으로 반듯해진 치맛자락을 좌르륵 소리가 나게 펼쳤고 이내 뒤돌아서서 우리들의 손을 잡고 택시에 올라타셨다. 나는 그 집 대문이 닫히기 전까지 오색 천들이 우리에게 인사하듯 바람에 휘날리는 것을 보았다.

여기까지가 내가 기억하는 할머니와의 첫 기억이다. 알고 보니 그 집은 내가 자란 마을에서 꽤 유명한 무당집이었다. 그날 할머니는 자식들과 손주들에 관해 묻고자 그 집을 찾아갔었는데 무당이 할머니의 기가 너무 세서 봐 줄 수 없으니 돌아가라고 한 것이었다. 그 이야길 듣고 나는 할머니가 영원히 살 수 있을 거라고 믿었었다.

내가 병원에 도착했을 때 할머니는 이미 중환자실에 계셨다. 몇 분도 되지 않아 툭 하고 무언가가 끊어지는 소리가 들렸다. 아직도 나는 그게 할머니의 목숨이 끊어지는 소리였는지, 시계 초침 소리였는지, 아니면 다른 소리였는지 알지 못한다. 그때 내내 잠수 시간 속에 있었기 때문이다. 생전에 할머니는 우스갯소리로 이 세상에 미련이 없다며 어서 빨리 죽어야지, 어서 빨리 가야지 하셨는데 그 말처럼 정말로 한순간에 세상을 떠나 버리셨다. 표현이 적절한지는 모르겠지만 할머니의 죽음은 간단했다. 할머니는 잠수 시간이 지나고도 다시 떠오르지 않았다. 어쩌면 가장

긴 휴식기를 가지려고 하는 듯한 할머니의 마지막 표정은 정말로 평온해 보였다.

당시 연천에서 군 생활을 하고 있던 오빠는 병원에 도착하자마자 할머니에게 마지막 인사를 건네고 눈물을 흘렸다. 오빠와 나는 할머니 손에 함께 자랐으므로 나는 단번에 오빠가 흘리는 눈물의 의미가 무엇인지 알 수 있었다. 그건 어렸을 때 할머니의 사랑을 받던 기억에서 나온 눈물이었다. 오빠도 기억하고 있구나, 그걸 잊지 않고 있구나, 거기에서 오는 동질감, 안심, 편안함. 그제서야 나는 제대로 울 수 있었다. 나는 할머니에 관한 기억이 나 혼자만의 것이 아니라서 다행이라고 생각했다. 우리가 어렸을 때 보았던 오색 천들은 할머니의 마지막 길을 배웅하기 위해 며칠 동안 쉬지 않고 바람에 휘날렸다.

그 뒤로 꿈에 잘 나오지 않던 할머니가 작년에 나타나 내 손을 잡아 준 적이 있었다. 손의 온기가 또렷이 느껴져 당연히 현실이라고 생각했다. 다만 조금 이상했던 건 할머니의 얼굴이 뿌옇게 보였다는 것이다. 뿌연 상태로 할머니는 밥을 먹고, 티브이를 보고, 서랍 안을 정리하고, 거실에 앉아 나를 쳐다보고 있었다. 명절 때마다 보았던 할머니의 모습 그대로 말이다. 이제 가야 할 때가 오자 할머니와 떨어지기 싫은 나는 나이도 잊은 채 한 번만 안아 달라고 말했다. 그런데 할머니는 안아 주기는커녕 어서 빨리 가라고 화를 내셨다. 그 소리를 들은 나는 바로 꿈에서 깨 버렸다. 다시 이어서 할머니 꿈을 꾸려고 노력했지만 실패했다. 그럼 그렇지, 그렇게 단호한 사람이 다시 꿈에 나올 리가 없었다. 그날은 종일 비가 내렸었다. 코로나 확진자 수가 계속 늘었고, 거리 두기의 단계를 높여야 할지도 모른다는 이야기가 오가던 날이었다.

확실히 팬데믹이 온 이후부터 사람들을 만나기가 어려워졌다. 누군가 나에게 가장 두려운 것이 무엇이냐는 질문에 나는 '무지'라고 대답한 적이 있었는데, 내 지식의 반 이상은 사람과의 대화에서 얻어지기 때문이었다. 사람들과 만나지 못하게 되자 1인분의 몫이라는 게 무엇인지 생각해 보게 되었다. 사람이 좋은데 사람(정확히는 누군가에게 해를 가하는 사람)이 불편하고, 집에 있는 건 좋지만 너무 오래 집에 있는 건 싫었다. 한동안은 아무것도 할 수가 없었고, 잠수 시간 속에서 온종일 누워 있어야만 했다. 책을 읽는 것은 물론 밥을 먹는 것조차 힘들었다. 아무것도 하지 않으면 하지 않는 대로 괴로웠고, 앉아서 무언가를 하자면 그 상태로 더 괴로워졌다. 내가 누구인지 확인해야 하는 순간들이 오면 그냥 이불 속으로 들어가 며칠이고 나오고 싶지 않았다. 기약 없이 아주 위태로운 파도를 기다리는 기분이었다. 평소 같았으면 오랜 시간이 걸리더라도 바닥을 한번 '탁' 치고 올라왔을 텐데……. 어쩌면 수면 위로 올라오고 싶으면서도 마주쳐야 하는 현실(우울한 나 자신을 마주하고 일어난 다음 무언가를 하지만 아무것도 바뀌는 게 없는 현실)이 두려워 바닥 끝에 오래 머물렀을지도 모르겠다.

좋아하는 것들을 생각해 보자. 한동안은 그렇게 되뇌었다. 나는 좋은 사람들과 대화 나누는 것을 좋아하고, 맛있는 커피와 과일, 재밌는 책을 좋아하고, 영화 음악을 듣는 걸 좋아하며, 비가 오는 날을 좋아한다. 빗소리를 듣는 게 좋다. 정확히는 외롭지 않아서 누군가 가까이에 있는 것 같아서 좋다.

그 시기에 나는 자연스레 죽음에 대해 오래 생각했다. 그건 살아생전 할머니가 가장 자주 했던 생각이기도 했다. 어릴 적 내가 가장 받아들이기 힘들었던 생각을 어느새 내가 가장 자주 하고 있었다. 나중에서야 알았다. 사실 그것은 정말 살고 싶어 하는 마음에서 비롯된 생각이라는 것을. 물론 할머니는 죽고 싶은 마음이 아예 없지는 않았을 것이다. 하지만 살고 싶은 마음으로 할머니가 투정을 부렸다는 것도 맞는 말일 것이다. 죽고 싶다는 말 속에는 살고 싶다는 의미가 숨어 있었다. 정확히 말하자면 죽고 싶은 게 아니라 잠시 사라지고 싶은 것이다. 아무도 모르게 잠시 사라졌다가 내가 잘 살 수 있을 것 같을 때, 혹은 괜찮을 때 다시 나타나고 싶은 것이다. 보이지 않는 것과 싸우면서 사람들과 단절된 시대에 과거에 대한 그리움으로 버텨내야 한다는 것, 이런 상황에서도 미래에 대한 희망을 잃지 말아야 한다는 것은 너무 어려운 일이다. 하지만 역시 '구원은 셀프'라는 말이 있지 않은가. 타인에게 구원을 바라서도 안 되고 바랄 수도 없는 일이었다.

살면서 괴로움을 느낄수록 사랑방의 문을 더 많이 열

어 보았다. 언제나 나를 싫어하는 사람보다 좋아하는 사람이 더 많다는 사실을 믿고 싶었다. 어렸을 때 할머니가 키우던 선인장에 가시가 찔린 적이 있었는데, 아주 살짝 움직이기만 해도 온몸을 타고 흐르는 불편한 느낌이 너무 싫었다. 모든 신경이 가시에 찔린 검지로 향하는 것이 너무 생경하고 무서웠다. 할머니는 온종일 울고만 있는 나를 어르고 달랜 후에야 겨우 자신의 등에 업힐 수 있었다고 한다. 나는 그때 아주 작더라도 가시가 얼마나 위험한 것인지를 알 수 있었다. 사람들은 쉽게 가시를 만들고, 가시로 다른 사람을 찌르기도 한다. 찔렀다는 사실도 모른 채 자신에겐 가시가 없다고 하는 사람도 있고, 가시를 숨겼다가 어느 순간에 드러내는 사람도 있다. 언제나 살아가는 동안 사랑방에 가시보다 큰 화분들을 더 들여놓고 싶다. 사랑방의 문을 열고 할머니를 보게 되면 그럼에도 불구하고 사랑을 믿을 수밖에 없었다. 할머니를 떠나보내고 안 사실은 하나였다. 영원한 건 절대 없다는 것. 그러므로 사랑하는 사람이 생기면 끊임없이 사랑한다고 말해야 한다는 것이었다. 물론 그걸 알면서도 자꾸 잊어버리는 게 사람이겠지만…….

최근에 보았던 영화 중에 가장 기억에 남는 것은 「중경삼림」이다. 내가 태어나던 해에 개봉된 이 영화는 어딘가 빈 채로 사랑을 하는 사람들에 관한 영화다. '비어 있다'고 쓰긴 했지만 영화에서는 어딘가 모르게 강렬한 기운이 느껴졌다. 사랑에도 유통 기한이 있다면 만 년으로 하고 싶다던 결핍된 주인공이 하는 말이 가장 기억에 남는다. 그 장면을 떠올리면, 영원하다는 건 없다는 걸 알면서도 영원을 간절히 바라게 된다.

좀 더 생각해 보면 그 대사에는 '만 년'이라는 정확한 기한이 있다. 그렇다면 내가 이 세상에서 사라져도 그 사랑은 만 년이라는 기한을 채우기 전까지는 절대 사라지지 않는 것이 아닌가? 나는 감탄을 금치 못했다. 언제나 사랑방이 영원하기를 원했지 기한을 두는 것까지는 생각하지 못했기 때문이었다. 죽어도, 사라져도 끝이 아니었다. 영화가 끝난 후에 나는 홍콩 어느 식당에 앉아 누군가를 기다렸다. 따뜻한 차 한 잔을 시킨 뒤 사랑하는 사람을 기다리는 것처럼 말이다. 물론 그곳에 처음으로 문을 열고 들어

올 사람은 나의 할머니다.

언젠가 할머니를 다시 만나게 된다면 들려주고 싶은 말이 있었다. 작년에 꿈을 꾼 후에 할머니 묘에 찾아간 적이 있었는데 할머니 묘소 양옆으로, 또 위아래로 모든 묫자리가 파진 것을 보았다. 그걸 본 이모가 이웃 묘소 사람들이 할머니 성격을 다 못 받아 주고 떠나 버렸다고, 할머니가 외롭겠다고 말했다. 할머니는 늘 나에게 베풀면서 살라고, 사람 미워하지 말라고 하셨는데……. 할머니를 다시 만나면, 그곳에선 선인장 말고 다른 식물들을 많이 키웠으면 좋겠다고 말하고 싶었다.

물론 사랑방의 문을 여는 것과 사랑이 담긴 통조림을 따는 것은 조금 다르다. 문은 닫을 수 있지만 통조림은 한 번 따면 끝인 것이다. 물론 영화에 나오는 통조림은 사랑과 이별이 모두 담긴 통조림이었지만……. 다시 닫을 수 없는 그 마음에 대해 오래 생각해 본다. 어쩌면 우리는 다양한 사랑 속에서 모두 비슷한 사랑을 하고 있는지도 모른다. 그럼에도 불구하고 사랑은 사랑이다. 그것은 어떤 강력한 힘이 있는 것이다. 떠난 사람도 남은 사람도 어떻게든 살아가야 한다. 팬데믹에도 마찬가지다. 우리는 모두 어떻게든 살아가야만 한다. 나는 사랑방에 남아 있는 것들을 떠올린다. 바닥에 머물러 있다고 할지라도, 할머니가 주신 사랑으로 무언가 할 수 있다는 희망을 외면할 수가 없다.

"덕분이야, 정말." 아직도 들을 때마다 깜짝 놀라는 말이다. 내 덕분이라니, 고맙다는 말은 사랑한다는 말과 비슷하기 때문일까? 바이러스 시대에 우울함으로 허덕이면서도 고마움과 감사함, 그리고 사랑을 잊어버리지 않게 해준 건 할머니다. 할머니 덕분에 사랑이 무엇인지 알았다. 할머니에게 받은 사랑으로 지금까지 버텨 올 수 있었고, 앞으로도 그럴 것이다. 나는 내게 좋은 일이 생겼을 때, 혹은 좋지 못한 일이 생겼을 때, 무언가 다 포기해 버리고 숨고 싶었을 때 사랑방에 있는 할머니를 떠올린다. 통조림 속의 사랑처럼 기어코 만 년을 채울 할머니를 말이다. 지금 같이 어렵고 힘든 시대에 조금 더 많은 사람들이 통조림에 담긴 마음에 대해 생각하고 용기를 내어 사랑방 문을 열면 좋겠다는 생각이 든다.

'지속 가능성'이라는 말을 처음 접했을 땐 정말 신기하다고 생각했다. '지속'도 해야 하면서 '가능성'도 열어 둬야 한다니, 참 어려운 일 아닌가. 요즘엔 지속할 수 있는 게 많지 않아서 오히려 더 포기할 수 없겠다는 생각이 든다.

'관용'이라는 꽃말을 가진 식물을 보면 더욱 그렇다. 여름이 되었지만 아쉽게도 꽃대는 올라오지 않았다. 그 대신 잘 버텨 낸 하나의 증거처럼 새순이 올라왔다. 찾아보니 새순이 생기면 잎이 조금 자란 후에 다른 화분으로 옮겨 줘야 한다고 한다. 신기하게도 새순을 분리하지 않고 그대로 두면 원래 있던 애들한테도 좋지 않다고, 상태가 나빠지면 둘 다 죽어 버릴 수도 있다고, 하지만 다른 곳으로 옮겨진 새순은 아주 천천히 성장한다고 한다. 굉장히 의미 있는 말이다.

여름이 끝나갈 무렵, 새순은 적당히 자라 있었다. 나는 분갈이를 해 주기로 마음먹었고, 얼떨결에 화분이 두 개나 생겨 버렸다. 어떤 사람들은 누군가를 그리워하는 마음으로 앞으로 남겨진 자신의 삶을 살아갈 수 있다고 말한다. 그리움이 삶의 원천이 되기도 한다는 것이다. 새순은 원래 있던 곳에서 떨어져 나와 다른 곳에서 성장하며 처음의 장소를 그리워할까? 어쩌면 새순도 그 힘으로 살아갈지도 모르겠다는 생각이 든다. 내가 살아가는 동안에는 사랑방에 가시보다 큰 화분들이 더 많아졌으면 좋겠다. 물을 줄 수 있게, 희망을 잃지 않게, 앞으로 내게 벌어질 모든 것을 그대로 받아들일 수 있게 말이다.